みちのく妖怪《ようかい》ツアー

宝探し編

佐々木ひとみ・野泉マヤ・堀米薫 作
東京モノノケ 絵

新日本出版社

みちのく妖《よう》怪《かい》ツアー

宝探し編

オキナアメ
UBA

ずんだ

1　アカテコ

宇《う》恵《え》野《の》渉《わたる》（小学六年生）

「これから、お宝探《たからさが》し大会を始めま～す！」

子ども会会長の工藤《くどう》さんがそう言って、体育館に並《なら》ぶぼくたちに笑顔《えがお》を向けた。

今日は、ぼくの地区の子ども会が、夏休みに入ってすぐに開催《かいさい》する行事の日だ。会場は
ぼくたちが通う小学校で、地区の小学一年生から六年生まで十二人が集まった。

「へえ、今年はお宝探しか。おもしろそう！」

隣《となり》にいた正人《まさと》が、声をはずませた。

「正人、お母さんが会長さんなのに、知らなかったの？」

工藤さんは、正人のお母さんでもある。

「うん、ぜ～んぜん。いつものように、肝試《きもだめ》し大会やお祭り広場をやるもんだと思い込《こ》ん

でいたから」

正人《まさと》はそう言って、ペロッと舌《した》を出した。

正人は、ぼくと同じ小学六年生だ。さばさばとした明るい性格《せいかく》で、ドッジボールとなると、自分よりも体の大きい子にもがむしゃらに立ち向かっていく。一方のぼくは、くよくよしがちで、ドッジボールでは逃《に》げまわる方だ。みんなから一目おかれている正人と目立たない存在《そんざい》のぼく。正反対のぼくたちだけれど、ふしぎと馬が合う。

工藤《くどう》さんが、ホワイトボードを指さしながら、簡単《かんたん》に説明を始めた。

「まず、お宝探《たからさが》しに行く場所を書いた紙を渡《わた》します。行き先は、一年から六年までの各教室の他に、音楽室、理科室、図書室などの特別教室で、だれがどこに行くかはわかりません。一回の制限《せいげん》時間は五分。そこで、こんなカプセルを見つけてください」

工藤さんが、銀色のメダルの入った透明《とうめい》のカプセルをかざして見せてくれた。

お宝探しの五分間終了《しゅうりょう》を告《つ》げるチャイムが鳴ったら、体育館で待つ役員さんのところに見つけたカプセルを持っていく。そこでカプセルを開けてもらい、銀色のメダルとお宝を交換《こうかん》できるというわけだ。

「カプセルは、いくつ見つけてもいいですよ。たくさん見つけてくださいね」

とたんに、みんなの目が獲物《えもの》をねらう動物のようにらんらんと輝《かがや》きだした。

「たくさんお宝《たから》が見つかるかな〜？　さあ、スタートですよ〜！」

「わ〜い！」

小さい子たちが、お宝探《たからさが》しの場所を書いてある紙をもらおうと、我先《われさき》にと工藤《くどう》さんにむらがっていく。

「ちょっと待って、順番よ、順番！」

工藤さんは苦笑いをしている。ぼくは六年生だから小さい子のような真似《まね》はしないぞ。はやる気持ちをおさえ、余裕《よゆう》のあるふりをして紙を受け取った。

正人《まさと》が、ぼくの紙をのぞき込《こ》みながら言った。

「おれの行き先は一階の理科室。渉《わたる》は？」

「あ、ぼくもだ……」

「なら、いっしょに行こうぜ！」

「うん……！」

正人《まさと》といっしょだと思うと心強い。理科室へと急いだが、他の子たちの気配はなく、ぼくたちだけしかいなかった。理科室に足を踏《ふ》み入れると、薬品のような独特《どくとく》なにおいが鼻についた。お宝《たから》カプセルはどこにあるんだろう。理科室だから、やっぱり実験道具の陰《かげ》に隠《かく》されているのかな。わくわくしてきた。

正人はフラスコやビーカー、ぼくは試験管やメスシリンダーが並《なら》んだ戸棚《とだな》に手をかけた。

「あれ、開かないや……」

正人が首をひねった。ぼくも同じだった。戸棚はしっかりと鍵《かぎ》がしめられている。

「だとすると、どこだろ……」

戸棚の他にあるのは、実験台と椅子《いす》ぐらいだ。

「そういえば、実験台には引き出しがたくさんあったよな」

正人が、実験台の引き出しの一つを開けた。すると中から、銀色のメダルの入ったカプセルがころんと顔を出した。

「なあんだ、簡単《かんたん》だったね……」

「低学年の子にも見つけやすくしているんだろうな」

拍子抜《ひょうしぬ》けしながらも、ぼくたちはそれぞれ、実験台の引き出しの中から二つずつカプセルを見つけた。

キンコンとチャイムが鳴り、お宝交換場所《たからこうかんばしょ》の会議室へ向かった。

先に到着《とうちゃく》していた子たちが、役員さんたちから、白い餃子《ぎょうざ》のようなものを受け取っている。

工藤《くどう》さんが、みんなにお宝を配りながら言った。

「餃子のような形をしているものは、『きんか餅《もち》』ですよ。皮は米の粉《こな》でできていて、中には、黒砂糖《くろざとう》やクルミ、味噌《みそ》で味付けしたあんが入っています。昔は砂糖《さとう》が貴重品《きちょうひん》だったから、金貨のような餅という意味もあるんです。今年のお宝探《たからさが》しでは、そんな郷土《きょうど》の宝をたっぷり味わっていってくださいね」

ふ～ん。どうやらお宝とは、昔ながらの郷土食らしい。

きんか餅をゲットした子たちが、ブルーシートに座《すわ》って食べ始めた。

「おいしい！　こんなの食べるの初めて！」

「もちもちしているね」

「甘《あま》じょっぱくておいしい！」

みんなにこにこして食べている。スナック菓子《がし》とは違《ちが》うおいしさがあるみたいだ。ぼくも、きんか餅《もち》を食べたことがなかったから、期待はふくらむ一方だ。口の中につばがわいてくる。

役員さんにカプセルを渡《わた》すと、カプセルから出てきたメダルには、ぼくも正人《まさと》も「水あめサンドせんべい」と書いてあった。

きんか餅ではなかったけれど、「よしっ！」とガッツポーズをする。

ぼくの大好きな水あめサンドせんべいとは、小麦粉《こむぎこ》を練って焼いたせんべいで水あめをはさんだ駄菓子《だがし》だ。せんべいをかじった時のバリっとした食感とかすかな塩気。それに、弾力《だんりょく》のある水あめと頭につんとくる甘さのコンビネーションがたまらない。歯の裏《うら》にくっついた水あめをなめるのも楽しみだ。でも、夏だと水あめが柔《やわ》らかくなりすぎるからか、冬にしか食べたことがない。こんな真夏にどうするんだろう。

そう思っていたら、役員さんが目の前で、せんべいの間に水あめをはさんでくれた。

すごい、作り立てじゃん！　さっそくかぶりつくと、割《わ》れたせんべいの間から水あめがとろりと糸状《いとじょう》にたれてくる。これこれ！　水あめを指でからめとってしゃぶるんだ。

ぼくも正人《まさと》も、あっというまに二枚《まい》をたいらげた。

「真夏に食べるあめせんべいって、最高だな！」

「もごもご……。う、うん……！」

水あめが歯にくっついてしまい、うまく返事ができない。これも、水あめサンドせんべいならではの醍醐味《だいごみ》なんだ。

チャイムが鳴って、次のお宝探《たからさが》しに出発だ。ぼくたちも、うかうかしていられない。

次の行き先が書いてある紙をもらいに行こうとしたら、工藤《くどう》さんの隣《となり》に、見覚えのない女の人が立っていた。

Tシャツにパンツ姿《すがた》の役員さんたちの中で、その人だけつばの広い黒い帽子《ぼうし》をかぶり、黒いワンピースを着ている。胸《むね》に下げたネームプレートに書いてある名前は「四角美佳《しかくみか》」。

「四角」なんていう苗字《みょうじ》の人、いたっけ？　他の子ども会の人がお手伝いにでも来たのかな……。

ぼくの足が、まるで磁石《じしゃく》に引《ひ》き寄《よ》せられるように、その女の人に向かっていく。女の人はにこりともせず、ぼくに向かって紙を差し出した。紙を受け取る時、女の人の手に触《ふ》れた。背中《せなか》がぞくりとした。

真夏だっていうのに、氷のように冷たい……。

「おい、渉《わたる》！」

「え……」

正人《まさと》の声にハッと我《われ》に返ると、目の前の女の人の姿《すがた》は消えていた。ぼうぜんとするぼくを見ながら、正人があきれたように肩《かた》をすくめた。

「おれの行き先は、音楽室だぜ。渉の行き先は？」

「行き先？　あ……」

ぼくは、なぜか、女の人から受け取った紙を、くしゃくしゃになるほど強く握《にぎ》りしめていた。いったいどうしちゃったんだろう……。

正人はぼくの手から紙を取りあげ、しわを広げて読んだ。

「資料室《しりょうしつ》か。しぶいな〜」

三階のはずれにある資料室は、昔の小学校にあった品物が収《おさ》められていて、古い農機具や机《つくえ》の他に、古い人体模型《もけい》やイノシシのはく製《せい》まであった。

正人《まさと》が先に歩き出した。

「音楽室は二階だから、途中《とちゅう》までいっしょに行くべ」

ぼくの足は動かない。だって、「資料室《しりょうしつ》って何かが出るみたいだ」っていううわさを聞いたことがあるんだもの。そんなところに一人で行くなんて……。

ぐずぐずしていたら、正人が引き返してきた。

「もしかしてびびってんのか？　だったら、おれも資料室に行ってやっから」

「え、いいの？」

「渉《わたる》を置いていけないだろ。その代わり、見つけたお宝《たから》は半分こだぞ」

「うん、ありがとう……」

正人は自分のことは後回しにして、ぼくにつき合ってくれるんだ。正人が友だちでよかった。

二人で三階のはずれにある資料室に向かう。廊下《ろうか》はしんと静まり返っていて、他の子たちの声が聞こえない。やっぱり、ぼく一人だけが、資料室を引き当ててしまったみたいだ。

「わざわざこんな場所まで来たんだ。きっと、すごいお宝《たから》をゲットできるぜ！」

正人《まさと》が力を込《こ》めて取っ手を引くと、ギシギシときしみながら資料室の戸が開いた。同時に、中からかび臭《くさ》い空気がむおんと漂《ただよ》ってきた。カーテンを閉《し》めきっているせいか、中は薄暗《うすぐら》い。壁《かべ》には、サビついたノコギリやクワなど、昔の農機具が立てかけられ、稲《いね》を脱穀《だっこく》するための千歯《せんば》こきという機械、木製《もくせい》の大きな桶《おけ》や樽《たる》などが置かれていた。

部屋の隅《すみ》には、大きなイノシシのはく製《せい》があった。正人が興味深《きょうみぶか》そうにイノシシの背《せ》中《なか》を触《さわ》った。

「イノシシの毛ってゴワゴワしてんな。渉《わたる》も触ってみなよ」

イノシシは肩《かた》がぐっと盛《も》り上がっていて強そうだ。いかにも野生動物って感じがする。まさか、動き出したりしないよね。

びくびくしながらイノシシの背中を触った時、正人が声を上げた。

「いた〜！」

「ヒイッ！」

首をすくめて振《ふ》り向《む》くと、正人が人体模型《もけい》を指さしていた。体の半分に内臓《ないぞう》が描《えが》かれていて、まともに目を向けられない。腕《うで》や足に塗《ぬ》ってあった肌色《はだいろ》が所々はげているし、まじホラーだよ。正人《まさと》は平気みたいで、ビビりまくっているぼくを見ながらにやにやしている。

「さて、感激《かんげき》の対面はここまでにして、カプセルを探《さが》そうぜ」

何が感激の対面だよ～。早くここから出ていきたい。

「この辺りにありそうだな」

正人は鼻歌交じりに、昔の背負《せお》いかごをのぞきこんだ。中からカプセルを探《さが》し当て、得《とく》意《い》げに笑った。

「ほ～らな。ちゃんとあったぞ」

お宝探《たからさが》しって本能《ほんのう》をくすぐるのかな。さっきまで資料室《しりょうしつ》を出ていきたいと思っていたのに、正人が一つ見つけたら、ぼくも見つけたくなってしまう。

資料室《しりょうしつ》には、何十年も前の古い机《つくえ》やいすも積み上げてある。ノートや教科書を広げる板の部分が、蓋《ふた》のように開《あ》け閉《し》めできるタイプだ。きっと、この中にあるぞ！

蓋を持ち上げてみると、期待通り、ころりとカプセルが見えた。

でも、おかしいな。このカプセル、銀色のメダルじゃなく、奇妙《きみょう》な赤い石が入っている。

小さな手のような形をしているうえに、ほのかな光まで放っている。不思議……。

正人《まさと》に見せようか。いいや、見せなくてもいいよね。

いけないいとわかっていても、一人じめしたい気持ちが勝ってしまう。

「おっと～、今度は、でっかい釜《かま》の中にあったぞ！」

正人の明るい声で正気に戻《もど》る。

「渉《わたる》は見つけられたのか？」

「ううん、ぜんぜん……」

何食わぬ顔をして、赤い石の入ったカプセルをズボンのポケットに入れた。

そこに、お宝探《たからさが》しタイム終了《しゅうりょう》のチャイムが聞こえた。

「結局、おれだけが二つ見つけたってことか。でも、ここに来る前に、半分こするって約束したからな。おれのを渉に一個《こ》やるよ。仲良く一つずつだ」

正人がにこにこしながら、ぼくにカプセルを一つくれた。本当にいいやつだな。クラスのみんなから信用されるはずだよ。それに比《くら》べてぼくったら……。

ポケットの中に忍《しの》ばせたカプセルを、ズボンの上からそっと触《さわ》った。ほのかな赤い光が頭に浮《う》かんだ時、抑《おさ》えようのない気持ちがわき上がってきた。

このお宝《たから》はぼくだけのもの！　早く家に帰って、不思議な石をじっくりとながめてみたい……！

お宝交換《こうかん》場所である会議室に向かいながら、正人《まさと》が楽しげに体を揺《ゆ》らす。

「今度はなんのお宝と交換かな。おれ、きんか餅《もち》を食いてえ～」

ついさっきまで、ぼくもきんか餅を食べたかった。ところが今は、早く家に帰りたくてうずうずしていた。

「やっぱりこれ、いらない」

もらったカプセルを返すと、正人はきょとんとした顔で言った。

「え？　きんか餅を食いたいんじゃなかったのか？」

「……」

返事もせず、昇降口《しょうこうぐち》へ向かって走る。

「どこに行くんだよ。もう、渉《わたる》ってば」

正人の声が追いかけてくる。お宝なら、とっくに手に入れている。赤い光を放つ不思議な石。きっとものすごい宝石《ほうせき》だ！

昇降口《しょうこうぐち》を出た時、急に空が陰《かげ》ったのを感じて足が止まった。ひんやりと冷たい風が首をなでていく。もしかしたら、雷《かみなり》でも来るのかな。

辺りを見回して、目を疑った。いつの間にか、校庭に見覚えのない大木が生えている。幹《みき》が太いからずいぶんと古い木にちがいない。校庭の木はどれも、青々とした葉を茂《しげ》らせていたはずなのに、この大木は、すっかり葉を落としている。まるでそこだけ秋にでもなったかのように……。

おかしいぞ、この状況《じょうきょう》。変な大木は無視《むし》して、とにかく早く家に帰ろう。そうとも、ぼくのお宝《たから》をゆっくりとながめるんだから。

足を前に踏《ふ》み出したとたん、体がぐいっと後ろに引《ひ》き戻《もど》された。は？　後ろを振《ふ》り向いて、ひゅっと息をのんだ。

大木から、無数の赤い手がぶら下がっている！　その中の一つが、ぼくのTシャツのえりをつかんでいるのだ。

コッチャコイ、コッチャコイ

キンキンとわめくような声が聞こえる。赤い手がぶらぶらと揺《ゆ》れながら、「こっちにこい！」と歌っている……！

「うわあ～！　やめろ！　はなせ！」

ぼくは、赤い手から逃《のが》れようと、力を込《こ》めて地面をけった。

コッチャコイ、コッチャコイ

枝《えだ》からぶら下がった赤い手がぼくをつかまえに、次々と降《お》りてくる。

あっという間に、頭から足まで、無数の赤い手にとらえられてしまった。ゾゾゾと体全体にむしずが走る！

「や、や、やめろ～！」

必死で赤い手を引きはがしても、何度でもからみついてくる。

ズズズ、ズズズ……。ぼくの体は、赤い手たちによって、大木の方へと引きずられていった。大木の中へ左足がめり込んでいく。このままじゃ、大木の中に体が全て引《ひ》きずり込《こ》まれてしまう！

どうしよう。どうして、赤い手が、ぼくにおそいかかってくるんだ？

その時、ズボンのポケットに手が触《ふ》れた。中に入れたカプセルでぷくっとふくれている。

あ！　もしかしたらカプセルの中の、手の形をした赤い石に関係があるのかも。あの石が、この変な赤い手を呼《よ》び寄《よ》せているのかもしれない。だとしたら、石を手放せば助かるかも！

ポケットをまさぐると、カプセルを取り出してふたを開けた。中から赤い石が転がり出てぽとりと地面に落ちた。

パチパチパチ。枝《えだ》からぶら下がった赤い手が、互《たが》いの手を合わせて拍手《はくしゅ》をしている。まるで喜《よろこ》んでいるみたいに。

ああ、よかった。これで、ぼくのことを許《ゆる》してくれるんだよね……。

ほっとしたのもつかの間、手の形をした赤い石が、ぼくをぴっと指さした。

全身からすうっと血の気が引いていく。ぼくにはわかった。

赤い石は、「こいつを取り込《こ》め！」って言ったんだ……！

コッチャコイ、コッチャコイ

ズズズ、ズズズ……。ぼくの体半分が、木の中にめり込《こ》んでいく。

「うわあああ、助けて〜！　だれか〜！　だれか〜！」

ぼくは大声で泣《な》き叫《さけ》んでいた。

その時、聞き覚えのある声がした。

「渉《わたる》、しっかりしろ！」

正人《まさと》だ！　正人がぼくの体に手を回し、力いっぱい引《ひ》っ張《ぱ》ってくれているのがわかる。

コッチャコイ、コッチャコイ
赤い手がぼくを引っ張る。

「もう、いやだ！　行くもんか！」

そう叫んだと同時に、体がふわっと浮《う》き、正人の上に、どさりと倒《たお》れ込《こ》んでいた。

正人は、「いててて」と顔をしかめながら起きあがると、あきれたように言った。

「まったくもう、木に向かって泣きわめいたりして、どうしたんだ？」

「え？」

気がつくと、ぼくは校庭の桜《さくら》の木の前に座り込んでいた。空は晴れ上がり、校庭の木は何事もなかったように緑の葉を風に揺《ゆ》らしている。そして、赤い手がぶら下がっていた大木も、不思議な赤い石も、煙《けむり》のように消えていた。

夢《ゆめ》を見ていたんだろうか……。いや、ちがう。地面には、赤い石が入っていた空のカプセルが転がっている。

ぼくは正人《まさと》に、資料室《しりょうしつ》で奇妙《きみょう》なカプセルを見つけたこと、こっそり家まで持ち帰ろうとして校庭まで来たら、突然《とつぜん》景色《けしき》が変わり、大木の枝《えだ》からぶら下がった赤い手につかまって、木の中へ引きずり込《こ》まれそうになったことを話した。

正人は腕組《うでぐ》みをしながらぼくの話を聞いていたが、ちょっとの間をおいて、ぽつりと言った。

「そりゃ、妖怪《ようかい》アカテコだな」

「妖怪？　アカテコ？」

「ああ。手のことを『手っこ』って呼《よ》ぶだろ？　赤い手という意味だよ」

正人はそう言って、ぼくの目の前で両手をぶらぶら揺《ゆ》らした。

「おれ、幼稚園《ようちえん》ぐらいの時に、じいちゃんから聞いたことがあるんだ。古い小学校の校庭にサイカチという大木が立っていて、木の枝から赤ちゃんの手のような、ちいさい赤い手がぶら下がることがあったそうだ。それが妖怪《ようかい》アカテコだ」

「うわあ……」

あれは妖怪だったなんて！　今さらながら、体が震《ふる》えだした。

正人《まさと》はぼくの体についていた砂《すな》を払《はら》いながら、「アハハハ」と笑った。

「それにしても、おまえ、妖怪アカテコに出会ったなんてすげえな。おれなんか、ぜったいに会えそうにないぜ。そのカプセルに入っていたのも、きっと妖怪アカテコだったんだ。妖怪をゲットするなんて、渉《わたる》って、まじ、お宝探《たからさが》しのチャンピオンだな」

「え～、お宝だなんて……。本当におそろしかったんだから……」

ぼくはこらえきれずに泣きだした。

「大丈夫だよ。もう、妖怪は消えちまったんだろ？」

「うん……。正人が助けてくれたおかげだよ。うっうっ……」

正人が、しゃくりあげるぼくの背中《せなか》をさすりながら言った。

「安心しろ。渉が困《こま》った時はいつだって助けてやる。だけどさ、これにこりて、お宝を一人じめしようなんて考えんなよ」

正人《まさと》にそう言われ、恥《は》ずかしさで顔が赤くなる。

「お～い、あんたたち、どうしたの？」

そこへ、工藤《くどう》さんが血相《けっそう》を変えてやってきた。急にぼくたちがいなくなってしまったんだから、心配するよね。正人がぼくの肩《かた》を抱《だ》きかかえながら、工藤さんに言った。

「渉《わたる》、ちょっと頭が痛《いた》いんだって。おれ、家まで送ってやっから」

「え、そうなの？　渉くん大丈夫《だいじょうぶ》？」

「あ、はい……。すみません。ぼく、家に帰ります」

「そう……。一応《いちおう》、渉くんのお母さんにも連絡《れんらく》しとくね。じゃあ正人、頼《たの》んだよ」

お宝探《たからさが》し大会はまだ続いている。工藤さんはあたふたと学校へ戻《もど》っていった。

ぼくたちは、家に向かって歩き出した。

ぼくには、正人に聞きたいことがあった。

「正人は、ぼくが妖怪《ようかい》に会ったって信じてくれるの？」

「まあな、じいちゃんからアカテコの話を聞いたことがあるしな。それに、さっきの渉、けっこう本気で何かと戦っている感じだったし、ふざけていたとは思えないよ。ただ、覚えとけよ。じいちゃんの話じゃ、アカテコがぶら下がるというサイカチの木の実は、赤いうえに人の手の形に見えることから、妖怪《ようかい》アカテコの話が生まれたんじゃないかってさ。それに、サイカチの木の話には別バージョンもあって、木の下に、振袖《ふりそで》を着た美しい娘《むすめ》が立っていることもあるんだとさ。振袖って、よく成人式にお姉さんたちが来ている、袖が長い着物のことだよ。この娘の姿《すがた》を見てしまった人は、熱病にかかったって言われているんだ。昔は、どうして熱が出るかもわからなかったもんな。じいちゃんは、困《こま》ったことは妖怪のせいにして納得《なっとく》したんじゃないかって言ってたぜ。だから、あんまり気にすんな」

なるほど、そういう謂《いわ》れがあったんだ。でも、さっきぼくが体験した妖怪は、結構《けっこう》リアリティーがあったような……。いや、もう思い出すのはやめよう！

「あ、そうだ」

正人はポケットから紙包みを取り出した。

「おまえを追いかける前に、大急ぎでお宝《たから》と取《と》り換《か》えてきたんだ。ほら、半分この宝だぞ。食え」

手渡《てわた》された紙包みには、きんか餅《もち》が入っていた。ぼくが食べたかったきんか餅だ！

かぶりつくと、もちもちとした食感と甘じょっぱさに、ほっこりする。おいしいものには、人を元気にする力があるよな。本当の宝《たから》かも。

きんか餅《もち》を食べ終わる頃《ころ》、ちょうどぼくの家に着いた。

「じゃあ、またな！」

「うん、ありがとう！」

正人《まさと》とは、玄関《げんかん》で手をふって別れた。

家では、工藤《くどう》さんから連絡《れんらく》を受けた母さんが、心配して待っていた。

「頭が痛《いた》いなんて、夏風邪《なつかぜ》かしらね。横になる?」

「うん、ちょっとだけ休む……」

ぼくは体がひどくだるいのを感じて、リビングのソファーに横になった。急に、強烈《きょうれつ》な眠気《ねむけ》がおそってきた。どのくらい眠っただろう。目を開けると、霞《かすみ》がかかったようにあたりがぼんやりとしていた。

霞のはるか向こうに、大きな木が見えた。

リビングのソファーで寝《ね》ていたはずなのに、どうして木なんかが見えるの？　それに、この木の形はなんだか見覚えがあるような……。胸《むね》がざわざわしてきた。

霞《かすみ》の中をふわりふわりと漂《ただよ》うようにして、ぼくはいつの間にか、大木の前に立っていた。

この木の形は……、アカテコのぶら下がっていた、あのサイカチの木だ。ビクンと心臓《しんぞう》が跳《は》ね上がった時、大木の陰《かげ》で黒い影《かげ》がゆらりと動いた。

「だれ？」

ふわりと現《あらわ》れたのは、成人式に出るお姉さんたちのような、花や鳥の美しい模様《もよう》の着物《きもの》を着た女の人だった。たらした髪《かみ》の毛で顔がおおわれて表情《ひょうじょう》は見えないけれど、ルビーのように赤い目は怪《あや》しい光を放っている。

この人だれ？　人間じゃないよね。袖《そで》の長い着物を着ているし、まさか、正人《まさと》が言っていた、妖怪《ようかい》の別バージョンってやつ？

女の人の赤い目が、にやりと細くなった。

ゾゾゾゾ〜……。血の気が引いていく。

ぼくは、そのまま気を失ってしまった。

「渉《わたる》、夕方だよ。そろそろ起きたら？」

母さんの声だ。ぱちりと目を開けると、母さんがぼくを心配そうに見ている。

ああ、よかった。あの女の人は、ただの夢《ゆめ》だったんだ。正人《まさと》が変な話を聞かせるからだ。

突然《とつぜん》、母さんがぼくの額《ひたい》に手を当てて叫《さけ》んだ。

「あら、渉《わたる》、すごい熱！　氷まくらを持ってくるわね！」

母さんがバタバタと台所へ走っていく。

熱？　確《たし》かに、自分でもわかるほど息が熱い。心臓《しんぞう》もいつもよりもドキドキしている。

熱がぐんぐん上がっているせいなのか、頭もぼ〜っとしてきた。

もうろうとしているところに、キンキンというわめき声が聞こえてきた。

コッチャヤコイ、コッチャヤコイ
この声は？　うわあ〜、アカテコの声だ。

コッチャヤコイ、コッチャヤコイ
いつの間にか、赤く小さな手がひらひらと踊《おど》るようにして、ぼくの周りを囲《かこ》んでいる。

コッチャヤコイ、コッチャヤコイ
コッチャヤって、どこだよ。ま、まさか、妖怪《ようかい》の世界？

いやだ〜！　絶対《ぜったい》に行くもんか！
でも、正人《まさと》はここにいない。ぼく、どうしたらいいの？
だれか、助けて〜！

（堀米薫・文）

2　マヨイガ

遠野舞《とおのまい》（小学六年生）

♪ポロロン

うとうとしかかったところで、手の中でスマホが鳴った。

そっと目を開けて、黒く煤《すす》けた柱に掛《か》けられた時計を見る。

――十一時。ったく、だれよ？　こんな夜中に！

東京なら、まだバスも地下鉄も走っている時間帯だ。開いているスーパーだってあるし、人だって普通《ふつう》に歩いてる。けれど、ここ大国《おおくに》は違《ちが》う。東京から東北新幹線《しんかんせん》で二時間三十分。新花巻《しんはなまき》駅で釜石線《かまいしせん》に乗り換《か》えて一時間。遠野駅からさらに車で三十分も走った、岩手県の山の中だ。

国道沿《ぞ》いにひらけた盆地《ぼんち》に集落が点在《てんざい》していて、昼間はそれなりににぎやかだけど、日が落ちるとたちまち盆地《ぼんち》全体が沼《ぬま》の底に沈《しず》んだように静かになる。夜が更《ふ》ければなおさらだ。ふだんは耳に入らないようなかすかな虫の声や、遠くの小川がトポトポと流れる音まで聞こえてくる。

耳をそばだてていたら、♪ポロロン　♪ポロロン　急《せ》かすようにまた鳴った。

「……舞《まい》ちゃん？　何の音？　どうがしたが？」

古い板戸で隔《へだ》てられた隣《となり》の座敷《ざしき》から、くぐもった声がする。

（ほら、おばあちゃんが起きちゃったじゃない！）

「なんでもなーい。ＬＩＮＥが届《とど》いたの。たぶん、お姉ちゃんかママだと思う」

「こったな時間にだがや？」

「イギリスと日本では時差が八時間もあるから、あっちは今……午後三時頃《ごろ》だと思う」

「んだが。それだば、美羽《みう》ちゃんと美里《みさと》に、旅行ば楽しんでと伝えでけせ」

「はーい」と答えたら、一瞬《いっしゅん》の間のあと、

「返事ば送ったら、いづまでもスマホで遊んでねで、すぐに寝《ね》ること。よろしいか？」

凛《りん》とした声で注意された。地元のコミュニティセンターで茶道《さどう》を教えているおばあちゃんらしい言い方だ。

「わかりました」

（勝手にメッセージを送りつけられただけなのに、どうしてあたしが注意されなきゃなんないの？）

チッ！　と舌打《したう》ちをして、スマホを開き、ＬＩＮＥのマークをタップする。

メッセージが三つ届《とど》いている。

舞《まい》、おばあちゃんの家はどう？

大国《おおくに》での夏休み、楽しんでる？

わたしはイギリスを満喫《まんきつ》しています（＊＞。＜＊）

お姉ちゃんは今、ママとイギリスにいる。【紅茶《こうちゃ》を楽しむ七日間　イギリス・プレミアムツアー】の真っ最中だ。しかもこれ、普通《ふつう》のツアーじゃない。世界的に有名な紅茶メーカーが主催《しゅさい》する特別なツアーだ。キャンペーンに応募《おうぼ》して、ペア旅行券《りょこうけん》を当てたのだ。

――お姉ちゃんが。

当選の知らせを受けた時は、二人で飛び上がって喜《よろこ》んだ。けれどすぐに、高校一年生のお姉ちゃんと小学六年生のあたし、未成年だけでの参加は不可《ふか》とわかって、あたしの代わりにママが参加することになった。

結局あたしはパパと二人でお留守番《るすばん》……するはずだったんだけど、印刷会社の営業《えいぎょう》をしているパパは出張《しゅっちょう》が多い。ママの「パパなんか当てにできない」というひと言で、あたしは岩手県のおばあちゃんの家に預《あず》けられることになった。お姉ちゃんとママがイギリスから戻《もど》り、お盆《ぼん》に合わせてパパと三人で迎《むか》えに来るまで。

「大国《おおくに》は東京より涼《すず》しいし、自然の中で過《す》ごす夏休みも悪くないと思うよ」

「一人だけでおばあちゃんちに泊《と》まるのは初めてでしょ？　きっといいことがあるよ」

ふてくされるあたしに、ママとお姉ちゃんがかわるがわる言葉をかけてきたけど、心が晴れることはなかった。

「ツアーを満喫《まんきつ》してるとか、そんなメッセージ、わざわざ送ってこなくていいっつーの！」

テディベアのアイコンをパシッと弾《はじ》いた瞬間《しゅんかん》、♪ポロロンと次のメッセージが届《とど》いた。

これからホテルでアフタヌーン・ティーなの
ご丁寧《ていねい》に、石造《いしづく》りの立派《りっぱ》なホテルの写真まで送ってきた。

絵本に出てくるお城みたいでしょ？　いつか舞《まい》と一緒《いっしょ》に来られたらいいな♪

「♪」は、真面目《まじめ》なお姉ちゃんがテンション高めのときにつける記号だ。

「うざっ！」とつぶやいたところで、♪ポロロンと次のメッセージが届《とど》いた。

ところで、もうマヨイガは探《さが》した？

「マヨイガ……」

舞も行けるといいね

そうだ。ふてくされながらも、大国《おおくに》にやってきた目的はそれだった。

幸運を手にできるように祈《いの》ってるね

「そういうところだよ、優等生《ゆうとうせい》めっ！」

胸《むね》の奥《おく》から、どろりとしたものが噴《ふ》き上げてくる。

やさしくて、真面目で、成績《せいせき》もいい。お姉ちゃんはどこから見ても、だれから見ても〝いい子〟だ。けれど、あたしだけはそう思えない。そして、そんな自分が嫌《いや》になる。

返信もせず、あたしはスマホの電源《でんげん》を切った。

次の日の昼下がり、おばあちゃんが「小豆《あずき》ばっとう」を作ってくれることになった。小豆ばっとうというのは、短く切った平打ちうどんを甘い小豆汁《じる》に入れて煮込《にこ》んだ、この辺りの郷土《きょうど》料理だ。

初めて出されたときは「ぜんざいにうどんが入ってるって、どういうこと?」と目をむいた。「食《く》わず嫌《ぎら》いはよくないよ」とママに諫《いさ》められて、おっかなびっくり食べてみたら、想像《そうぞう》を超《こ》えたおいしさで、三杯《ばい》もおかわりしてしまった。

そのときのことを、おばあちゃんは覚えてくれていたらしい。

「今日は舞《まい》ちゃんにも手伝ってもらうすけね。作り方ば覚えで帰ってね」

おばあちゃんはあたしのために、真新しいエプロンまで用意してくれていた。

「ねえ、おばあちゃん。『ばっとう』って、どういう意味?」

エプロンのリボンを結んでもらいながら、聞いてみた。

「もともとは『ほうとう』といったらしい。それがなまって『ばっとう』になったんだと。昔は甘いものが貴重《きちょう》だったすけ、この小豆ばっとうはご馳走《ちそう》だったんだじゃ。お祝い事やお盆《ぼん》のようにお客さんが大勢《おおぜい》来るとき作って、振《ふ》る舞《ま》ってらったんだずよ」

結びあがったリボンをポン！　と叩《たた》いて「よろしい」とつぶやくと、おばあちゃんは、「では、はじめるべし」と、お料理教室の先生みたいに言った。

平打ちうどんの生地《きじ》をこねるとき手がべたべたになったり、生地を薄《うす》くのばすところがむずかしかったけど、おばあちゃんがフォローしてくれたおかげで、なんとか仕上げることができた。小豆《あずき》を煮《に》る甘《あま》い匂《にお》いが家じゅうに広がるにつれて、気持ちがやわらかく、やさしくなってゆくような気がした。

「さあ、いただぐべし」

あたしの初めての「小豆ばっとう」を、おばあちゃんは戸棚《とだな》の奥《おく》から出してきた、赤い大きなお椀《わん》に盛《も》りつけてくれた。

「きれい！」

お椀の深みのある赤に、小豆の赤みがかった黒とうどんの白が映《は》えて、あたしの小豆ばっとうは老舗《しにせ》の甘味屋《かんみや》さんの〝極上《ごくじょう》の逸品《いっぴん》〟みたいになった。

そっとお椀を手に取ると……。

「軽い！　それにこのお椀、ちっとも手が熱くならない。手ざわりもとってもいいね」

「んだべ？　舞《まい》ちゃんが作ったはじめての小豆《あずき》ばっとうだすけ、とっておきのお椀《わん》を使ってみだのさ。『浄法寺塗り《じょうぼうじぬ》』という岩手を代表する漆塗り《うるしぬ》のお椀だよ。木だすけ軽いし、熱も通さね。手になじむし、口あだりもとってもやわらかいのよ。さ、食べでみで」

うながされて、出来たての小豆ばっとうを口に運ぶ。

もちもちした麺《めん》に小豆汁《じる》がよく絡《から》んでいる。麺のつるっとした口あたりは、給食で食べた「すいとん」にちょっと似《に》ている。小豆はふっくら柔《やわ》らかで香りもよく、やさしい味に仕上がっている。甘すぎないから、いくらでも食べられそうだ。

「ほんとうに上手《じょうず》にできたごど」と、おばあちゃんも、ニコニコ顔で味わっている。

「美羽《みう》ちゃんたちがお盆《ぼん》に来たら、舞ちゃんが作ってけでね」

美羽ちゃん……と言われてハッとした。

あたしはそっとお椀をテーブルに置いて、背筋《せすじ》をのばした。

「おばあちゃん、聞きたいことがあるんだけど」

「なんだべ、改まって」

「あたしが生まれた時のことなんだけど……」

「舞《まい》が、生まれたとき？」

おばあちゃんは箸《はし》を止めた。

「あたしが生まれるまでの何日間か、お姉ちゃん、ここに預《あず》けられていたんでしょ？」

「ああ、んだった、んだった。美羽《みう》ちゃんはまだ四つになるかならねがのめんこい盛《さか》りで、おじいさんもまだ元気だったから、朝から晩《ばん》まで『美羽』『美羽』って、おおさわぎして世話をしたったんだよ」

よほど楽しかったのか、おばあちゃんはクフッと笑った。

「そのとき、お姉ちゃん、マヨイガに行ったんだよね？」

「マヨイガ？」

お箸を握《にぎ》ったまま、おばあちゃんが首をかしげた。


お姉ちゃんがその秘密《ひみつ》をあたしに打ち明けたのは、イギリスに出発する前の晩だった。

翌朝早《よくあさ》くにあたしは岩手、お姉ちゃんとママはイギリスに出発することになっていたから、その夜は家中がそれぞれの旅の支度《したく》でバタバタしていた。

家の中が活気づけば活気づくほど、あたしの心はふさいでいった。

お姉ちゃんがママと楽しげに荷物を詰《つ》める姿《すがた》を見ていたら、だんだん腹《はら》が立ってきた。

「当選したら二人で行こうね」って約束したくせに！

そういう決まりだから仕方がないと理解《りかい》してはいたけれど、納得《なっとく》はしていなかった。

「お姉ちゃんばっかり、ずるくない？」

子ども部屋で二人きりになった瞬間《しゅんかん》、本音が口からこぼれ出た。

お姉ちゃんは「えっ？」と目をしばたたかせた。

「お姉ちゃんはいつも運がよくて、あたしはいつも損《そん》してばっかり！」

「そんなこと……」

「あるよ！　いつもそうじゃん。お姉ちゃんばっかりラッキーじゃん！」

本当だ。あたしがもの心ついた頃《ころ》にはすでに、お姉ちゃんは近所でも評判《ひょうばん》の〝幸運の持ち主〟になっていた。年賀はがきの当選やアイスの〝あたり〟なんて当たり前。美術館《びじゅつかん》やイベントの〇万人目《まんにん》の入場者に何度もなっているし、超難関《ちょうなんかん》といわれた高校にも合格《ごうかく》した。クジを引けば一等賞《とうしょう》だし、懸賞《けんしょう》に応募《おうぼ》すれば当選する。――今回のイギリス旅行みたいに。

思い出し、抑《おさ》えがきかなくなったあたしは、「どうしてお姉ちゃんはそんなに運がいいの？　何か秘密《ひみつ》があるんじゃないの？」と詰《つ》め寄《よ》った。すると、「わかった」とつぶやいて、お姉ちゃんは顔を上げた。そして、こう言ったのだ。

「あのね、舞《まい》。わたし、小さい頃《ころ》、マヨイガに行ったことがあるんだ」って。

「ここに来る前、お姉ちゃんが教えてくれたの。預《あず》けられていたとき、おばあちゃんとおじいちゃんがお昼寝《ひるね》している間に一人で家を抜《ぬ》け出してしまったことがあったって」

「……そういえばあったっけねぇ、そったこどが」

お箸《はし》を置いて、おばあちゃんがうなずいた。

「家を抜け出したお姉ちゃんは、集落の中をあちこち歩きまわっているうちに、迷子《まいご》になってしまったって」

「んだんだ。思い出した。目が覚めたら美羽《みう》ちゃんがいなくなってて、あわてておじいさんと二人で探《さが》し回ったの。川に落ぢだら……とか、国道に飛び出して車にはねられだら……とか、考えたら恐《おそ》ろしくて、生きた心地《ここち》がしなかった」

青くなって集落を探《さが》し回る二人の姿《すがた》が目に見えるようだ。

「でも、お姉ちゃんは帰ってきた」

「んだ。村外《むらはず》れの神社の鳥居《とりい》の下に、美羽《みう》ちゃんはぽつんと立ってらった。すぐに駆《か》け寄《よ》って、『こったらところで、何してらったの？』って聞いたら、『美羽、大きな黒い門のあるお家に行ってきたの』って」

あたしは、お姉ちゃんの話を思い出した。お姉ちゃんは、こんな風に教えてくれた。

＊＊＊

集落のどの辺りだったのか覚えていないんだけど、黒い大きな門がある家だった。庭には赤い花や白い花が咲《さ》き乱《みだ》れていて、庭には鶏《にわとり》がたくさん放《はな》し飼《が》いになっていた。どこからか馬や牛の鳴き声もしていた。

家の中に入ってみると、手前の座敷《ざしき》には、赤いお椀《わん》や黒いお椀がたくさん並《なら》んでいた。

わたしは、（これから大勢《おおぜい》お客さんが来るのかな？）と思った。

奥《おく》の座敷《ざしき》をのぞいてみると、大きな火鉢《ひばち》が置いてあって、鉄瓶《てつびん》が湯気を立てていた。その周りには、急須《きゅうす》と湯呑《ゆのみ》が置いてあった。

よく見ると、湯呑にはお茶が半分ほど残っていた。ついさっきまで、だれかがそこでお茶を飲んでいたみたいに。

（勝手に家に入ったりして、叱《しか》られるかも）

急に心配になったわたしは、（帰ろう！）と駆《か》けだした。

庭を抜《ぬ》けて門にさしかかったところで、あるものを見つけた。

白い小さな石が、門の敷居《しきい》の上に置かれているのを見つけたの。

（入るときは、なかったはずだけど……）

不思議に思いながらもその石を拾い上げ、門を出た。

門を出て、ぼんやり手の中の石を見つめていたところに、おじいちゃんとおばあちゃんが駆けて来たの。

「こんなところで何してたの？」と聞かれたから答えたら、おばあちゃんが言ったんだ。

「その家はマヨイガよ。その石を大切にしなさい。きっといいことがあるから」って。

そして、大国《おおくに》には「マヨイガ」という山の中にあらわれる不思議な家の伝説があること、マヨイガを訪《たず》ねた人はその家から何でも持ち帰ってよいことになっていること、マヨイガから持ち帰ったものがその人を幸せにしてくれることを教えてくれたの。

わたしはその時、(おばあちゃんは、よその家から石を勝手に持ってきてしまったわたしを心配させまいとして、そんな風に言ってくれているんだろうな)と思った。

だいぶたってから、もう一度あの家に行ってみようと思って探《さが》してみたんだけど、とうとう見つけられなかった。

＊＊＊

そこまで話すと、お姉ちゃんは荷造《にづく》りしたばかりのキャリーケースの底の方から、小さな箱を取り出した。そして、「ほら、これよ」と言って、中を見せてくれた。

箱の中には、やわらかな布《ぬの》に包まれた石が入っていた。

手の中にすっぽり収《おさ》まるほどの、小さな白い石だった。

「見つかったとき、お姉ちゃん、石を持ってたんだよね？」

「んだったかしら？」

おばあちゃんは、また首をかしげた。

「そのとき、おばあちゃん、お姉ちゃんに言ったんでしょ？『その石を大切にしなさい。きっといいことがあるよ』って」

おばあちゃんの予言は、本当になった。お姉ちゃんは石を持ち帰ったその日から、〝運がいい人〟になったのだ。

この話を聞いたとき、「あたしもマヨイガに行く！」と決めた。「行って、お宝《たから》を持ち帰るんだ！」って。

「おばあちゃん、そのときのことを詳《くわ》しく教えて」

「何しろ十年以上も前のことだしねぇ」

眉間《みけん》にしわを寄《よ》せて、おばあちゃんは一生懸命《いっしょうけんめい》思い出そうとしている。

「たしか美羽《みう》ちゃんを連れて家に戻《もど》ったところで、綾介《りょうすけ》さんから『生まれた』って電話がきだったのよ。『予定よりだいぶ早いけど、元気な女の子です』って。……あ！」

「なに？　何か思い出した？」

「その日はそのまま車で東京さ向かったのよ。もともと、赤《あか》ん坊《ぼう》が生まれたらその世話をするために東京さ行ぐごどになってらったの。家に戻《もど》った頃《ころ》にはもう日が傾《かたむ》きかけでらったんだども、おじいさんが『一刻《いっこく》も早く駆《か》げづけでけだほうがいい』って。何しろ言い出したら引かないがんこ者だったすけ……。大急ぎで支度《したく》をして、出発して、美里《みさと》たちのマンションに到着《とうちゃく》したのはたしか夜の十一時過《す》ぎだったかな」

「マヨイガのことは？　どの辺にあったとか、お姉ちゃんに聞かなかった？」

「いろいろあった日だったすけ、細けえことまでは……。美羽《みう》ちゃんがいなくなったことだって、すっかり忘《わす》れでらったぐらいだもの」

「マヨイガについて、何か知ってることはない？　何でもいいから」

あたしはおばあちゃんの腕《うで》を強くゆすった。

「あたしもそのマヨイガに行ってみたいの。そのために大国《おおくに》に来たんだよ！」

「舞《まい》ちゃん、ごめんね。言い伝えだば知ってるけど、それ以上は……」

腕《うで》をゆすられながら、「ごめんね」「ごめんね」と繰《く》り返すおばあちゃんを見て、あたしは心を決めた。

おばあちゃんが教えてくれないなら、自分で探《さが》し出してやる！

次の日から、あたしは集落を歩き回った。

言い伝えによれば、マヨイガは山の中にあるらしいけど、お姉ちゃんはこの集落の中で迷子《まいご》になって、マヨイガに迷《まよ》い込《こ》んだ。つまり、この集落のどこかにマヨイガがあったってことだ。

ぜったいに見つけてやる。そして、お姉ちゃんのよりすごいお宝《たから》を持ち帰るんだ！

おばあちゃんは、あたしの意気込《いきご》みにとまどいながらも「協力する」と言ってくれた。

「危険《きけん》な場所には近づかないこと。日暮《ひぐ》れ前には帰ってくること。何かあったら、すぐにスマホで連絡《れんらく》すること。この三つの約束を守るならば」という条件《じょうけん》で。

あたしは国道沿《ぞ》いに家が立ち並《なら》ぶエリアから、おばあちゃんの家がある田んぼと畑が広がるエリア、お姉ちゃんが見つかったという山の入り口にある古い神社まで歩き回った。

「マヨイガに行きたい」「マヨイガに行きたい」と念じながら。

なのに、二日たっても、三日たっても、見つからない。もうすぐお姉ちゃんとママが日本に帰って来るっていうのに。

憑《と》りつかれたようにマヨイガを探《さが》し回るあたしを心配したおばあちゃんが、

「舞《まい》ちゃん、伝説では、マヨイガは『行きたい！』と思って行けるところではない。行けたとしても、だれもがマヨイガの恩恵《おんけい》を受けられるわけではないと言われでるんだじゃ」

なんて言うもんだから、あたしはますます意地になった。

お姉ちゃんが行けたのなら、あたしだって行けるはず。お姉ちゃんがお宝《たから》を受け取れたのなら、あたしだって受け取れるはず。そうじゃなきゃ、不公平だ。

マヨイガを探している間にも、お姉ちゃんからのＬＩＮＥは届《とど》いていたけど、ぜんぶスルーした。イギリスの楽しい話なんて、お姉ちゃんの幸せ自慢《じまん》としか思えなかった。

マヨイガを探し始めて四日目。夕方近くになって、ＬＩＮＥにいつもとは様子が違《ちが》う長文のメッセージが届いた。おばあちゃんがママ経由《けいゆ》で何か告《つ》げ口《ぐち》したにちがいない。

「おばあちゃんめ！」

あたしは、お姉ちゃんが見つかったという神社の鳥居《とりい》の前で、メッセージを開いた。

熱心にマヨイガを探《さが》していると、聞きました

あのね、舞《まい》。わたしが運がいいのは、たしかにマヨイガから持ち帰った石のおかげだと思うけど、運がいいって、うれしいことばかりでもないんだよ

運に頼《たよ》ってばかりいたら、いつかひどいしっぺ返しがくるんじゃないかと思うの。だから、努力しなきゃならないところでは努力する。めちゃくちゃ努力したのに、『運がよかった』のひと言で片《かた》づけられて、傷《きず》つくことだってあるんだよ

素直《すなお》にうなずくことはできない。そんなの、運がよかったためしがないあたしから見たら、贅沢《ぜいたく》な悩《なや》みでしかない。

今回のイギリス旅行だって、当たるように何枚《なんまい》もハガキを書いて応募《おうぼ》したんだから

たくさんハガキを送った人は他にもいるはずだ。そのほとんどの人は外れて、お姉ちゃんは当選した。石の力が働いたのかもしれないし、働かなかったのかもしれない。でも、結果は同じ……お姉ちゃんは、やっぱり運がいい！

それ以上読む気になれなくて、あたしはスマホを閉《と》じた。

もう一度、探《さが》してみようと歩きはじめたところで、目の前に黒い車がとまった。

助手席の窓《まど》が開き、「こんにちは。ちょっといいかしら？」と声をかけられた。

女の人だ。黒いノースリーブシャツに、黒いワイドパンツ。髪《かみ》をきりっと結《ゆ》い上げて、きれいにお化粧《けしょう》をしている。その向こうの運転席にいるのは、黒いサングラスをかけ、黒い大きなマスクをした男の人。どちらもこの辺りの人ではなさそうだ。

「この辺りに、黒い大きな門のある家はないかしら？　探しているんだけど」

「え？」

「昔、この辺りに遠い親戚《しんせき》の家があってね、子どもの頃《ころ》、遊びに来た時に不思議な家を見つけたの。黒い門があって、庭いっぱいにきれいな花が咲《さ》いている家だったんだけど、どこだったかすっかり忘《わす》れてしまって」

その家って……。

「親戚の家は、もうだいぶ前に住む人がいなくなって、取り壊《こわ》されてしまったの。不思議な家のこと、ずっと忘れていたんだけど、昨日《きのう》ふいに思い出してね。仕事の下調べも兼《か》ね

まで行く。さっきの男の人が、もしかしたらマヨイガが、この人も見つけようとしているんだ！

て、探《さが》しに来てみたんだけど」

鳥肌《とりはだ》が立った。その家はたぶん、マヨイガだ。この人も見つけようとしているんだ！

「あなた、知らないかしら？　そういう家があること、聞いたことない？」

上目使いにじっと見つめられた。探《さぐ》るような、試《ため》すような、ねっとりしたまなざし。

「知りません。聞いたこともありません！」

きっぱりと答えた。お宝《たから》を、横取りされるわけにはいかないもの。

「まあ、それは残念ねぇ」

さして残念でもなさそうな顔でため息をつくと、女の人は男の人に声をかけた。

「知らないって。……もう時間がないから、今日のところは引き上げましょう」

そして、ごにょごにょと何か唱《とな》えた。

「え？」と、思わず聞き返すと、

「おおくにのおぐろのたきはつきるとも　うせたるいえのでぬことはなし」

大きな声で、ゆっくりと諳《そら》んじてくれた。

「家を探すおまじないよ」

「……おまじない」

「この呪文《じゅもん》を唱《とな》えながら探《さが》せば、かならず見つかると言われているんだけどね。あなた、もし何か気づいたことがあったら、ここに連絡《れんらく》して」

そう言うと、女の人は名刺《めいし》を差し出した。

「株式会社《かぶしき》みちのくトラベル　ツアー・コンダクター　四角美佳《しかくみか》」とある。

「……じゃあね」

ニヤリ。思わせぶりな笑《え》みを浮《う》かべて、女の人は窓《まど》を閉《し》めた。

走り去る車を見送りながら、確信《かくしん》した。

あの人たちに出会ったのも、呪文を手に入れたのも、偶然《ぐうぜん》なんかじゃない。あたしはきっと招《まね》かれたんだ、マヨイガに！

もらった名刺を握《にぎ》りつぶし、来た道に向かって歩きはじめた。

「おおくにのおぐろのたきはつきるとも　うせたるいえのでぬことはなし」

「おおくにのおぐろのたきはつきるとも　うせたるいえのでぬことはなし」

祈《いの》るように両手を合わせ、唱《とな》えながら歩き続けていたら、足元が急に暗くなった。

顔を上げると、目の前に大きな建物があった。……黒い、大きな門だ。

もしかして！

門の扉《とびら》は開け放たれていて、奥《おく》には赤い花、白い花が咲《さ》き乱《みだ》れる庭があり、さらにその奥に立派《りっぱ》な茅葺《かやぶき》屋根の曲がり屋が見えている。

お姉ちゃんに聞いた通りの風景――マヨイガだ！

ほんとうにあったんだ。そして、あたしを招《まね》いてくれたんだ！

急いで敷居《しきい》を踏《ふ》み越《こ》え、庭に足を踏み入れた。

門の外は日が暮《く》れかけていたはずなのに、門の中は真昼の日ざしが降《ふ》り注《そそ》いでいる。

歩き回ると、庭の様子も、家の中の様子も、お姉ちゃんが話していた通りだ。

奥の座敷《ざしき》で鉄瓶《てつびん》が湯気を立てているのを確《たし》かめた後、あたしはひとつうなずいた。

肝心《かんじん》なのはここからだ！

くるりと回れ右をして、あたしは歩き出した。目指すは、門だ。

ありますように。ありますように。ありますように……。

「あ、あった！」

門の敷居《しきい》に、石がある。色は、黒。お姉ちゃんのとは違《ちが》うけど、お宝《たから》には違いない。

お宝さえ手に入れば、もうマヨイガなんかに用はない。おばあちゃんの家に帰らなきゃ。

開け放たれた門の向こうには、夕焼けに染《そ》まり始めた集落が見えている。

石を拾い上げ、あたしは敷居を踏《ふ》み越《こ》えて外に出た。——つもりだったんだけど。

「え？」

たしかに門を出たはずなのに、目の前にはさっきと同じ景色《けしき》が広がっている。

赤い花、白い花が咲《さ》き乱《みだ》れる庭。その向こうに、立派《りっぱ》な茅葺《かやぶき》屋根の曲がり屋。

「どういうこと？」

おそるおそる振《ふ》り返ると、門がある。扉《とびら》の向こうには、夕焼けに染まりはじめた集落。

「そんなはずない！」

敷居を踏み越え、もう一度門から飛び出す。

目の前には……やっぱり庭と曲がり屋のある景色が広がっている。

「もう一度」「もう一度！」「もう一度っ！」

何度やっても結果は同じ。何度門を飛び出しても、マヨイガの中に戻《もど》ってしまう。

「外に……出られない」

あたしはへなへなと崩《くず》れ落《お》ちた。そして、気づいた。

マヨイガの伝説が伝わっているのは、行って、帰ってきた人がいたからだということに。

帰ってきたから、体験を語ることができた。

――お姉ちゃんみたいに。

もしかしたら、マヨイガに行った人は他にもいたのかもしれない。帰れなかっただけで。

「あたし……これからどうなるの？」

手の中の石を強く握《にぎ》りしめたら、目の前の景色《けしき》がぐにゃりとゆがんだ。

（佐々木ひとみ・文）

3　生き面

羽鳥《はとり》いかる（小学五年生）

ぼくは今、家出中だ。

自宅《じたく》から遠く離《はな》れた秋田県能代市《のしろし》の町なかを、ぶらぶらと歩いている。なぜ家出したかというと、ママとケンカしたからだ。

そもそも、妹の未奈《みな》が、リビングのソファに白ネコのお面を置きっぱなしにしたのが原《げん》因《いん》だ。そこにぼくが、運悪く腰《こし》かけて、お面はこわれた。

すると未奈は、ギャーギャー泣きだした。

「わたしのだいじなシロネコちゃんを、お兄ちゃんがこわした」

「だいじなものなら、こんな所に置くなよ」

ぼくが口をとがらせると、未奈はムキになっていいかえしてきた。

「置いたんじゃないもん。さっきまで、いっしょに遊んでたんだもん。シロネちゃんは、わたしのお友だちなんだから」

「友だちって、ただのお面だろ？」

「ちがう。ただのお面じゃなくて、お友だちなの！」

未奈《みな》がいうには、先週の夏祭りで出店の前を通ったら、自分をじいっと見つめるネコのお面があったそうだ。未奈がそのお面にむかって「わたしと友だちになりたいの？」と聞くと、「ニャー」と返事をしたそうだ。

ぼくは、あきれた。

「お面が返事するわけないだろ。未奈が勝手にそう思っただけだろ。バーカ」

「うわあ〜ん。お兄ちゃん、ひどーい。わたしのことをバカって言った！」

ちょうどそのとき、ママがリビングに入ってきた。

「いかるったら、また未奈を泣かせたの？　五年生にもなって、いい加減《かげん》にしなさい。一年生の妹とまともにケンカするなんて、いかるのほうがバカみたいよ」

「なんだよ、ママはそうやって、いっつも未奈の味方してさ」

「あなたはお兄ちゃんでしょ」

「だから、なんなんだよ！」

「また、そんなに口をとがらせて。怒《おこ》りっぽいんだから」

「怒りっぽくて悪かったな。ママだってすぐ怒るくせに！」

「ママが怒るのは、あなたたちがちゃんとしないからよ」

「じゃあ、ぼくが怒るのだって、未奈《みな》がちゃんとしないからだ」

「だから、いかるは、もう五年生でしょ」

「なんだよ？　五年生は怒っちゃだめなのかよ。ああ、ああ、どうせ悪いのは、ぼくなんだろ。こんなぼくなんて、家にいないほうがいいんだろ。いいよ。ぼく、出ていく」

というわけで、ぼくは電車を乗りつぎ、親せきの伯父《おじ》さんちまでやってきた。

伯父さんは、家出したぼくを快《こころよ》く泊《と》めてくれている。ただ、不満もある。伯父さんの態《たい》度《ど》は、夏休みに甥《おい》っ子が遊びに来たみたいな感じなんだ。昨夜なんて、ママに電話して「いかるは元気でいるぞ」と、笑いながら話していた。そうやってママを安心させたら、家出の意味がなくなるじゃないか。でもまあ、もんくは言えないな。

今日の午前中は、伯父《おじ》さんの店の手伝いをした。伯父さんちは酒屋だから、ビールやジュースの箱を運んだり、冷蔵庫《れいぞうこ》に入れたりした。

お昼を食べたあと、やることがなくなったので散歩に出た。

そうして、市内をぶらぶらと歩いていたら、能代《のしろ》公園の入り口まで来た。

この公園は、入り口からすぐ階段《かいだん》になる。高台にあるんだな。階段を上りつめると、町のようすが見渡《みわた》せた。ここは、秋田県北部の中心都市だそうだ。北のほうには青い山々が見える。たしか白神山地《しらかみさんち》といって、伯父さんが「世界遺産《いさん》に選ばれたんだぞ」と、自慢《じまん》してたっけ。

あと、伯父さんがよく言うのは「能代はバスケットの町だ」ということ。バスケットボールの強い高校があるんだって。バスケットボールミュージアムに連れて行ってもらったこともある。有名選手のユニフォームとかシューズとか、サインの書かれたグッズなんかが展示《てんじ》してあったな。

この公園、見晴らしはいいけど、遊具は少ない。遊んでいる子どもも見当たらない。ただ、木にかこまれた遊歩道があるだけ。まるで、林の中を歩いているみたいだ。

伯父《おじ》さんの家からだいぶ歩いてきた気がする。この辺で、少し休もう。ベンチを見つけたので、ぼくはそこに腰《こし》かけた。

西の方から、しめっぽい風がふいてくる。日本海からやってくる海風だ。この公園をずっと歩いて行くと、海辺の松林に出るみたいだ。

ふと、ななめまえの立て看板《かんばん》にはられたポスターが目に入った。

【特別公開！　龍泉寺《りゅうせんじ》の宝《たから》　鎌倉《かまくら》時代より伝わる舞楽面《ぶがくめん》】

ぼくは、その「宝」という文字にハッとした。

「しまった！」

家出してすっかりわすれてたけど、友也《ともや》といっしょに市民センターの宝探《たからさが》しイベントに参加するつもりだったんだ。

えーと、イベントはたしか……明日だ。

うぐっと、ぼくはうめいた。いまさら、家に戻《もど》るわけにはいかない。ああ、残念だなあ。宝探し、行きたかったなあ。

これもみんな、未奈《みな》のせいだ！　未奈が、あんなネコ面なんかをソファの上に置かなければ、ぼくが家出することもなかったんだ。

うわぁ、なんか、くやしいぞ。ぼくは、髪《かみ》の毛をかきむしる。

そして、がっかり気分満載《まんさい》のため息をつきながら、もう一度ポスターを見た。

「お寺の宝《たから》か……。舞楽面《ぶがくめん》て、なんだ？　わかんないけど、特別公開なんだから、きっとすごいお宝なんだろうな」

仕方ない。こっちのお宝で我慢《がまん》するか。きっと、ツタンカーメンの黄金のマスクみたいに、キラキラした物なんだろう。そのお宝の写メを撮《と》って、友也《ともや》に送りつけてやろう。

ぼくはベンチから立ちあがり、矢印が示《しめ》す龍泉寺《りゅうせんじ》へと向かった。


龍泉寺は、能代《のしろ》公園の遊歩道を西へ向かって歩いた先にあった。

木々にかこまれた、古そうな建物だ。

お寺といっても、まわりにお墓《はか》らしいものはない。本堂《ほんどう》は地味な感じだけど、昔からの伝統《でんとう》というか、歴史《れきし》の重みというか、そういう威厳《いげん》たっぷりなふんいきがある。

ツルツル頭のおじいさんが現《あらわ》れた。きっと、和尚《おしょう》さんだ。灰色《はいいろ》のたれたまゆ毛に、口元にはくっきりとした縦《たて》じわがある。きびしそうな感じはなく、にこにこしているので、ひとりでやってきたぼくとしては、ホッとした。

「あの、えーと、お宝《たから》を見にきました」

「ああ、お面のことですな。こちらにあります。どうぞ、お入りください」

和尚《おしょう》さんは、ぼくを本堂《ほんどう》の中へまねいてくれた。

本堂は、広い畳《たたみ》の部屋で、奥《おく》には、たくさんの仏像《ぶつぞう》がならんでいる。その手前に置かれた低いテーブルに、二つのお面が置かれてあった。

「え、これがお宝?」

ぼくのイメージとはちがう。二つとも黒ずんだ木製《もくせい》のお面で、キラキラしたところはまったくない。

一つは笑っている顔のようだけれど、あごの部分がこわれてなくなっている。

もう一つは、目をつぶって、口からはベロを出している人の顔だ。二つのまぶたは虫にでも刺《さ》されたみたいにはれあがり、顔全体がゆがんでいる。

ぜんぜん、お宝らしくないじゃないか。

でも和尚《おしょう》さんは、笑顔《えがお》で答えた。

「はい。これが、お宝《たから》ですよ。えみ面は、『二《に》の舞《まい》』という演目《えんもく》を踊《おど》るときにかぶる対《つい》の舞楽面《ぶがくめん》、『えみ面』と『はれ面』です。はれ面は、あごが欠けているほうで、笑っているおじいさんの顔です。もう一つは、おばあさんが苦しんでいる顔で、まぶたがはれあがっているので、はれ面です。どちらも、秋田県から重要文化財《ぶんかざい》として指定され――」

と、そのとき、ピロロン、ピロロンと音が聞こえた。

「はい、もしもし。龍泉寺《りゅうせんじ》でございます」

和尚さんのスマートフォンの音だった。

「ああ、佐藤《さとう》さん。……はい。今から？　……いいですよ」

和尚さんは、ぼくに「ちょっと待って」の身ぶりをしながら、廊下《ろうか》の方へと行ってしまった。

本堂《ほんどう》には、ぼくひとりが残された。

お宝は、はっきりいって期待はずれだ。それどころか、おばあさんが苦しんでいる顔だというはれ面なんて、不気味な感じさえする。夜に見たらビビるぞ。

とりあえず、スマホを取りだし、お面の写真を撮《と》る。

だけど、こんな画像《がぞう》を友也《ともや》に送ったところで、自慢《じまん》はできないよな。と思っていると、
ふと、いいアイディアが浮《う》かんだ。

まわりにだれもいないのを確《たし》かめる。本当は、こんなことをしたら怒《おこ》られるだろうけど、
ぼくは、はれ面を手にとり、顔に当ててみた。

カビくさいような、妙《みょう》なにおいが鼻をつく。いっしゅん真っ暗になったけど、目のあたりの小さな穴《あな》から、外が見える。

ぼくは、お面をつけて胸《むね》をはった姿《すがた》を自撮りした。

「重要文化財《ぶんかざい》のお宝《たから》を、かぶっちゃいました」だ。

へへっ。これなら友也も「いかる、スゲーな」と思うだろう。

きゅうに、誇《ほこ》らしい気分がわいてきた。においも気にならない。むしろ、木のいい香りにうっとりする。さっきは、期待はずれだなんて思ったけど、いやいやそんなことはない。

このお面はすばらしい！　まさにお宝！　お面、サイコーだ！

すごくいい気分。市民センターの宝探《たからさが》しより、ここに来てよかった、よかった。

「こんにちは。佐藤《さとう》です。和尚《おしょう》さん、いますか?」

そのとき、若《わか》い女の人が、小さな女の子といっしょに本堂《ほんどう》へ入ってきた。親子のようだ。

「やべ」

ぼくはあわててお面をはずす。

すると、すごくいい気分も、すうっとしぼむようになくなってしまった。

不思議に思いながらも、ぼくは、その親子に向かって、廊下《ろうか》を指さした。

「和尚さんは、あっちです」

「あら、そうなのね。ありがとう」

母親はにっこり笑って、廊下へ向かった。

でも小さい女の子は、母親についていかず、とことことぼくのほうにやってきた。

「何してるの?」

お面のはじっこを持っていたぼくの手を、じっと見ている。なんかこいつ、顔つきが未《み》奈《な》に似《に》ているな。いかにも「このお兄ちゃんが、お面をいたずらしてる!」なんて言いそうだ。

そんなことをさけばれたら、まずいぞ。

ぼくはとっさに、またお面をかぶった。

そして女の子に、おおいかぶさるようにして「ウオオオオ～」と、うなってみせた。

「ギャア――――ッ！」

女の子はとびのき、ものすごい勢《いきお》いでにげていった。

予想以上の怖《こわ》がりかただった。こんなお面と、ぼくがてきとうな声を出しただけなのに。

へへっ。さっきより、もっといい気分だ。人が怖がるのを見るっておもしろいなあ。未奈《みな》に仕返しができたようで、胸《むね》もすっとした。

「ひひひっ」

そのとき、耳元でかすれた笑い声がした。

まわりを見まわしたけど、だれもいない。たぶん、気のせいだな。

廊下《ろうか》を見ると、さっきの親子が帰っていくところだった。

「ママ、このお寺こわいよ。早く帰ろうよ」

女の子が、母親をせかしている。「さっさと出ていけ」と、ぼくはお面をかぶったままつぶやいた。

そのあと、和尚《おしょう》さんが本堂《ほんどう》に戻《もど》ってきたので、ぼくは、さっとお面をはずし、元の位置にもどした。

「さあ、どうぞ。お面はこちらでございます」

和尚さんは、二人の男女を連れてきた。その二人は、なんとなく奇妙《きみょう》な感じがした。

一人は黒いスーツ姿《すがた》の若《わか》い女性《じょせい》。きりっとしたまゆ毛に切れ長の目で美人だ。

もう一人はヘンな男。何がヘンかというと、顔が見えないんだ。バスの運転手みたいな帽子《ぼうし》をかぶり、サングラスをかけ、顔のほとんどを黒いマスクで覆《おお》っている。だから、どんな顔なのかわからない。

この人たちもお面を見に来たみたいだ。

和尚さんがぼくに目を向けた。

「待たせてしまって、すまなかったね。お面の説明を続けますよ」

ぼくと二人の男女は、お面を前にして正座《せいざ》した。

「こちらのえみ面、はれ面が作られたのは鎌倉《かまくら》時代です。秋田県で最も古い舞楽面《ぶがくめん》ということで、重要文化財《ぶんかざい》に指定されました。我《わ》が龍泉寺《りゅうせんじ》でも、貴重《きちょう》な宝《たから》として大切に保管《ほかん》しております」

ふうん。キラキラしてなくても、古い物だからお宝なのか。

「ではまず、昔から伝えられている、はれ面にまつわる話をしましょう」

和尚《おしょう》さんは、こんな話を語った。

江戸《えど》時代のこと。あるさびしい道に夜な夜な化け物が出て、人々を怖《こわ》がらせていた。それを聞いた勇ましい侍《さむらい》が、「おれが、化け物を退治《たいじ》してやる」と出かけていった。

夜、侍が目的の場所へ行くと、やみの中にあやしげな灯《あか》りが見えた。灯りは、だんだんとこちらに近づきながら大きくなっていく。そして侍の目の前まで来ると、ヤマンバの姿《すがた》となって襲《おそ》いかかってきた。

「出たな。化け物め！」と、侍は刀で切りつけた。するとヤマンバは「ギャー——ッ」と悲鳴をあげ、にげていった。

侍が、ヤマンバのあとを追って行くと、龍泉寺の本堂《ほんどう》にたどり着いた。そして、そこには、血だらけになったはれ面が転がっていた。

「つまり、化け物の正体は、はれ面だったのです。そんなわけで、まるで生き物のように血を流したという、このはれ面は『生き面』ともよばれております」

へぇ、そんな昔話があるんだ、と思っていると、となりにすわる黒スーツの美人が、はれ面のわきを指さした。

「これが、そのとき、刀で切りつけられた跡《あと》なのね」

ふうん、なるほど。とがった刃物《はもの》で傷《きず》をつけたような跡がある。って、おい、待てよ。

「今の話は、昔話でしょ。実話じゃないよね？」

ぼくが和尚《おしょう》さんに確認《かくにん》しようとすると、和尚さんは首をかたむけた。

「さあ、どうでしょう。昔々のことですから、わたしには何ともいえませんな」

「あら、わたしは、実話だと思って聞いていたわ」

黒いスーツの女性《じょせい》は、ぼくを横目で見ながらフフッとわらう。

実話だとしたら、このお面は化け物というか妖怪《ようかい》というか、あやしい力を持っているということだ。夏なのに、背《せ》すじがヒヤッとした。

彼女《かのじょ》は、今度は和尚さんを見て、うれしそうに言った。

「和尚《おしょう》さま、このはれ面は本当にすばらしいお宝《たから》ですわね。この苦しみの表情《ひょうじょう》も、生き生きとして見事だわ。それに、元気そうでよかった。ここまで訪ねてきた甲斐《かい》があります。ありがとうございます」

お面をほめられたせいか、和尚さんはにこにこだ。

だけど、お面が元気そうでよかったって、どういう意味なんだ？

「お客さまにそんなに喜《よろこ》んでもらえるとは、わたしとしてもありがたいですよ。実はほかにも、重要文化財《ぶんかざい》に指定された十一面観音菩薩《かんのんぼさつ》や薬師如来像《やくしにょらいぞう》など、貴重《きちょう》な仏像《ぶつぞう》もございます。ご覧《らん》になりませんか？」

「まあ、ぜひ見せていただきたいわ。わたしたち、東北のお宝探《さが》しをしているんですの。わたくしは、四角美佳《しかくみか》ともうします」

四角さんは、和尚さんに名刺《めいし》を差しだし、その後、ぼくに目を向けた。

「あなたもいっしょに、見学しない？」

「ぼ、ぼくは……」

仏像なんて、興味《きょうみ》ない。

「ぼくは、お面を見に来ただけだから、ほかの物は見なくてもいいです」

「あら、そう。あなたは、お面が目当てだったのね。どう？　気に入った？」

「このお面を、ですか？」

ぼくは首をかしげる。さっき、かぶってみたときはいい気分がしたけど、実話かもしれないという話を聞いたあとでは、やはり不気味だ。

「べつに、気に入ったとか、そういうことはないです」

と、答えたときだ。

はれ面の口元が、いっしゅんゆがんだように見えた。まるで、すねたみたいに。

すると四角《しかく》さんが、意味ありげにほほえんだ。

「このお面は、あなたのことを気に入ったんじゃないかしら？　お面はね、気に入った人間のもとへ行きたがるのよ」

「ええっ？　行きたがるといったって、お面には足もないし、無理でしょ」

と言い返してみたけど、彼女《かのじょ》はただほほえむだけ。

ふと、ネコ面のことを思いだす。未奈《みな》がネコ面にむかって「わたしと友だちになりたいの？」と聞いたら、返事をしたという。それで未奈《みな》は、そのお面を買ったのだ。ネコ面は、気に入った人間のもとへ行けたということか。

ただ、もしもこのお面が、万が一ぼくを気に入ったとしても、ぼくのところへ来るのは無理だ。だって重要文化財《ぶんかざい》のお宝《たから》を、ぼくの小遣《こづか》いで買えるわけない。

四角《しかく》さんはさらに、目を細めて言った。

「お面は、本当に気に入った人間からは、離《はな》れなくなるのよ」

なんだよ、しつこいな。ぼくは口をとがらせ、心の中で毒《どく》づいた。

だから、気に入られたって、ぼくにはどうにもできないってのに。

そのとき和尚《おしょう》さんが立ちあがった。

「では、龍泉寺《りゅうせんじ》の仏像《ぶつぞう》をご案内しましょう」

その後ぼくに、小さなお菓子《かし》の箱をくれた。

「さっきは、待たせてしまってすまなかったね。おわびに、オキナアメをあげましょう。市内にある老舗《しにせ》のお菓子《かし》屋のアメですよ」

お供《そな》え物《もの》としてあがっていたやつだ。オレンジ色の包装紙《ほうそうし》に包まれている。ちょうど小《こ》腹《ばら》もすいてたから、もらっておこう。

本堂《ほんどう》から外へ出て、来た道を戻《もど》る。

暑さのピークが過《す》ぎたせいか、公園には、散歩をする人たちがちらほらといる。

ぼくは、だれもいないベンチに腰《こし》かけ、和尚《おしょう》さんからもらったアメの箱を開けた。

長方形の消しゴムみたいなアメが、縦横《たてよこ》四個《こ》ずつ、きちんとならんで入っている。淡《あわ》い黄色で、表面には白い粉《こな》がまぶしてある。指で一個をつまみ、口に入れてみた。

グニュ。

「あれ？」

モチみたいだな。アメというから硬《かた》いかと思ったら、やわらかいぞ。なめるというより食べる感じ。はじめはぼんやりとした味だけど、かんでいるうちにだんだん甘《あま》さが広がってくる。これ、本当にアメなのか？　説明書きを、読んでみる。

原料はもち米と大麦で、添加物《てんかぶつ》も砂糖《さとう》もなし、だって。砂糖を入れなくても、甘《あま》いお菓《か》子《し》ってできるんだな。

もう一個。今度は、半分だけかじった。断面《だんめん》はすきとおっている。黄金色《こがねいろ》のゼリーって感じ。

オキナアメって、「翁飴《おきなあめ》」と書くのか。翁って、おじいさんのことか。これを食べて、元気で長生きしてほしいってことらしい。

そういえば、さっきのお面はおじいさんとおばあさんの顔だったな。

おじいさんは笑っている顔、おばあさんは苦しんでいる顔。ぼくの伯父《おじ》さんも、店ではいつもにこにこしている。伯母《おば》さんは、まゆにしわをよせて何かと心配していることが多い気がする。

そんなことを思い出しながら、もう一個《こ》、もう一個と翁飴を口に運んだ。

家にいるとママに、「未奈《みな》の分も残しておくのよ」と言われるけど、今は家出中だから、そんなこと気にしなくていい。ぼくは、全部たいらげて、箱は空になった。

「ああ、うまかった」

満足したぼくは、ゴミ箱がないかと辺《あた》りを見まわした。

そのときだ。

ベンチの上に、黒っぽい物を見つけてギョッとした。

「うわぁっ、な、なんでだよ⁉」

はれ面がある。ぼくがすわっているベンチのすぐわきに……。

おかしいな。さっきまで何もなかったはずだ。だれが置いたんだろう。気味が悪いな。

ぼくは、そのままそうっとベンチから離《はな》れようとした。

すると後ろから、声をかけられた。

「ちょっと、そこのお兄さん。ほれ、このお面こ、わすれんな」

ふりむくと、犬を連れたおばさんが、お面を持ってぼくの方へよってきた。帽子《ぼうし》をかぶり、日焼け防止《ぼうし》の腕《うで》カバーをしている。お面こ、って、お面のことか。

「このお面こ、あんだのだべ？」

「え、ちがいますよ」

「あたしはね、あんだが、このお面こベンチさ置くのを見たよ」

うそだろ。ぼく、そんなことしてない！　勝手なことを言って、むかつくな。

「ぼくは、龍泉寺《りゅうせんじ》のお面なんか、持ってきてないです」

「あやぁ、龍泉寺さんのお面こだの？　そいだら、大事にさせねばだめだ」

「だから、ぼくじゃないってばっ！」

「うそこけ。あんだ、バチあたるよ。あたしは見たんだから」

ぎろりと、おばさんがぼくをにらむ。あたしはまちがってない、という自信たっぷりの顔つきだ。

ワワン、ワワン、ワワン。

犬までが、ぼくに向かってほえだす。

「なんだよ、もうっ」

はぁっと、息をはき、しぶしぶお面を受けとった。

するとおばさんは、「それでいいんだ」という笑《え》みをうかべて立ち去った。

「ぼくが持ち出したわけじゃないのに。和尚《おしょう》さんに、何て言えばいいんだよ」

重い気持ちで、再《ふたた》び龍泉寺《りゅうせんじ》へ向かった。

本堂《ほんどう》をのぞくと、だれもいなかった。

さっきの男女は、帰ったようだ。和尚さんも引っこんだみたい。

チャンスだ！

ぼくは、できるだけ音をたてないように本堂《ほんどう》へ入り、低いテーブルのえみ面のわきに、はれ面を置いた。

そして素早《すばや》く、本堂から出た。

来た道を戻《もど》ろうかと思ったけど、やめた。さっきの犬を連れたおばさんとは、もう会いたくない。なので、伯父《おじ》さんちまでは遠回りになるけど、公園とは反対の松林のほうへ向かった。ついでに、日本海の夕焼けでも見てやるか。

だけどきゅうに、くもり空になってきた。なんだよ。せっかく夕焼け見ようとしたのに。

立ち止まって、空をあおぐ。松の木の間から、灰色《はいいろ》の雲が見えた。

ゴロゴロゴロゴロと、遠くで雷《かみなり》の音も聞こえる。

そのとき、足元でガサリと音がした。

「ギャアッ！」

ぼくはこおりついた。

枯《か》れた松葉の上に、はれあがったまぶたでこっちを見るような、はれ面があった。

反射的《はんしゃてき》に、ぼくは走りだす。

なんでだよ？　さっき、龍泉寺《りゆうせんじ》に戻《もど》したはずだぞ。

お面は、気に入った人間のもとへ行きたがるって、本当なのかな？

いやいや。そんなバカなことあるか！

「お面はお面だ。生き物じゃない、生き物じゃないだろ」

生き物じゃない、生き物じゃない、生き……。

――このはれ面は、生き面ともよばれています。

和尚《おしよう》さんの言葉がよみがえる。走りながら、首だけまわして後ろを見る。

「げっ」

お面が、ずりずりずりずりと、ぼくの後をついてくる。

ゴロンゴロンゴロン……。雷《かみなり》も近づいている。辺《あた》りはうす暗くなってしまった。

とにかく、お面から離《はな》れなきゃ。

「ハァ、ハァ、ハァ、ハァ……」

息が、切れる。

前方に、松林の出口が見えてきた。良かった。向こうは砂浜《すなはま》で、人の姿《すがた》が見えるぞ。楽し気な話し声も聞こえる。あそこまで行けば、きっと助かる。

ぼくは、残りの力をふりしぼって走る。

そのときなぜか、足がもつれた。

と思ったら、スライディングするように、頭から転んでしまった。

「うわあっ」

同時に、辺《あた》りが明るくなった。稲光《いなびかり》だ。

だけどその直後、ぼくの目の前は真っ暗になった。

そして、顔に違和感《いわかん》を覚えた。何かが、顔にピッタリと張《は》りついているような……。

おそるおそる両手を顔に当てると、木のようなかたいものに触《ふ》れた。

「は、はれ面だ！」

顔からはがそうとした。でもだめだ。はずれない。

そのとき、聞き覚えのあるかすれた笑い声がした。

「ひひひっ。もう、離《はな》れないよ」


（野泉マヤ・文）

4　蝶化身《ちょうけしん》

粟地瑠奈《あわちるな》（小学五年生）

いよいよ山形だ。

東京から乗ってきた新幹線《しんかんせん》が、福島駅を過《す》ぎたとたんに、普通《ふつう》列車のようにスピードがゆっくりになった。しかも、深い山の中を走っていく。ゴトンゴトンと体に響《ひび》く音が、意外と心地《ここち》いい。

山形はその名の通り、県の大半が山で占《し》められているらしい。

地図をバッグから出して膝《ひざ》の上に広げてみる。あれ、山形県の形って、横向きの顔みたい。新潟県との境《さかい》が、鼻から口、あごに見えてしまう。開いた口はなんって言っているのかな。「あ」かな。

夏休みに入ってすぐ、山形のサマーキャンプツアーに参加することになった。ううん、参加させられた。

あたしは、都会のにぎやかで便利な暮《く》らしが大好き。自然とか苦手な方だから、キャンプになんか行く気はなかったんだけど、ママが勝手に申し込《こ》んじゃったんだもの。

「自然の中は最高よ！　思う存分《ぞんぶん》リフレッシュしていらっしゃい！」

ママはそう言うけど、あたしがキャンプに行くのは、ピアノコンクールに出るお姉ちゃんのためだ。入賞確実《にゅうしょうかくじつ》って先生からも言われていて、パパもママも舞《ま》いあがっている。ちやほやされて、わが家の期待の星であるお姉ちゃんがうらやましい。

ピアノ一筋《ひとすじ》のお姉ちゃんとは反対に、あたしはピアノを一年習っただけでやめてしまった。勉強も運動も得意《とくい》じゃない。でも、ひそかな夢《ゆめ》がある。それは、ファッションデザイナーになること。お小遣《こづか》いをもらうとすぐファッション雑誌《ざっし》を買って、隅《すみ》から隅まで目を通しているんだから。

ママからは「おしゃれのことばかり考えていないで、少しは勉強しなさい」って小言ばかり。でも、いつか、素敵《すてき》な服をデザインしてびっくりさせてやる。「瑠奈《るな》ってすごい子だったんだね！」って、お姉ちゃんたちをギャフンと言わせるんだから。

でも、ファッションデザイナーになるなんて、ずっとずっと先の夢《ゆめ》。それに、コンクール間近のお姉ちゃんはピリピリしていて、ちょっと物音がしただけで怒《おこ》る。あたしもむきになってわざと音を立てるから、お姉ちゃんとのバトルが日増《ひま》しに激《はげ》しくなった。見かねたママが、あたしをキャンプに放り込《こ》んだってわけ。

キャンプでは、同じく東京から来た、小学五年の綾奈《あやな》と梢《こずえ》と同じグループになった。二人は、あたしを見るなり目を丸くした。

「キャンプに、あの格好《かっこう》で来る?」

「普通《ふつう》、ないよね」

ひそひそ声が聞こえた。

まあ、そうなるよね。二人がグレーの長袖《ながそで》シャツと長ズボンなのに対して、あたしは白のブラウスとピンク色のキュロットだ。

「キャンプって、火を焚《た》いた時のススや土で汚《よご》れたりするんだから。汚れが目立たない格好で行かなきゃだめじゃない」

ママのそんな小言は、聞こえないふりをしてスルーした。あたしはあくまでもファッシヨン重視《じゅうし》なんだから。

自己紹介《じこしょうかい》とキャンプ場の説明が終わったら、さっそく夕ご飯の準備《じゅんび》が始まった。メニューは、自分たちで調理するカレーライスと野菜サラダだ。

「わたしたち、カレーの玉ねぎと人参《にんじん》を担当《たんとう》するよ。瑠奈《るな》ちゃんは、じゃがいもの皮をむいてね」

料理が好きなのか、綾奈《あやな》と梢《こずえ》がいそいそと調理場に向かう。

自分たちで料理か。うちではママが買ってくるデパ地下のお惣菜《そうざい》が中心で、料理の手伝いなんかしたことがない。大体、お気に入りの服が汚《よご》れちゃうよ。家でおとなしくしてればよかったな。

はあ……。肩《かた》でため息をついた時、指導員《しどういん》の先生に声をかけられた。

「瑠奈さん、もしかしてお料理するの、初めて？」

「あ、はい……」

「じゃあ、頑張《がんば》ってやってみて！　自分で作ると、絶対《ぜったい》おいしいわよ」

「はあ……」

そうかな。自分で作ればおいしいなんて、そんなのただの自己満足《じこ》だよ。腕《うで》のいい料理人が作った方が絶対《ぜったい》おいしいに決まっている。

しぶしぶ調理場に向かうと、二人が楽しそうに野菜を切っていた。

「綾奈《あやな》ちゃん、切るの上手《じょうず》だね」

「そんなあ。梢《こずえ》ちゃんこそ上手だよ」

あたしは、二人の間に素直《すなお》に入っていくことができない。むくれていたら、また、先生に声をかけられた。

「瑠奈《るな》さんは、薪《たきぎ》を持ってきてください」

「あ、はい……」

気が進まなかったけれど、他にやることもなかったから、調理場のそばの薪置き場へ歩いて行った。うず高く積まれた中から三本だけ腕に抱《かか》えた。

うわ、薪にはごみが付いているし、白いブラウスが汚《よご》れちゃうじゃない。

とたんに、腕の中から薪がバラバラと落ちた。

チッと舌打《したう》ちした瞬間《しゅんかん》、どきりとした。だれかがこっちを見ている？

辺りに目を凝《こ》らすと、木陰《こかげ》に女の人の姿《すがた》が見えた。つばの広い帽子《ぼうし》をかぶりロングワンピースを着て、全体をシックな黒色で統一《とういつ》している。

へえ、キャンプにおしゃれして来るなんて、あたしみたいな人がいるんだ。

まばたきをした次の瞬間《しゅんかん》、女の人の姿は消えていた。

あれ？　確《たし》かにあそこにいたよね。だれかのお母さんが、子どもの様子が心配で見に来たのかな。

とたんにママの顔が頭に浮《う》かんだ。今頃《いまごろ》、ママもパパも、お姉ちゃんのことで一生懸《いっしょうけん》命《めい》なんだろうな……。あの家には、わたしの居場所《いばしょ》なんかないんだ。

唇《くちびる》をぎゅっと結び、薪《たきぎ》を拾った。

炊事場《すいじば》に持っていくと、先生が優《やさ》しく声をかけてくれた。

「瑠奈《るな》さんありがとう。かまどにくべてみて」

先生の優しい言葉が正直うれしい。でも、そんなそぶりは見せず、かまどに薪を投げ入れた。パチパチと火花を散らしながら、炎《ほのお》が一気に勢《いきお》いづく。赤やオレンジ、黄色の炎が、かわるがわるに現《あらわ》れる。まるで魔物《まもの》の踊《おど》りのように、激《はげ》しく、時には静かに揺《ゆ》らめく。

いつか、炎《ほのお》のような色の服をデザインしてみたいな。

あたしは、しばし時間を忘《わす》れて、炎に見とれていた。

「瑠奈《るな》ちゃん、ご飯だよ」

肩《かた》をたたかれて振《ふ》り向《む》くと、綾奈《あやな》と梢《こずえ》が張りきった様子で立っていた。

「とってもおいしくできたよ！」

「いっしょに食べよう！」

炊事場《すいじば》のそばには、いつのまにかテーブルがセッティングされていて、カレーライスがよそってあった。香辛料《こうしんりょう》の香りが鼻をくすぐる。そういえば、あたし、おなかがすいていたんだっけ。

「いただきま〜す」

みんなで、声を合わせてカレーライスを食べ始める。

スプーンで大きくすくって口に入れる。ん？　カレーライスってこんな味だっけ？

首をひねって皿にスプーンをふせたら、綾奈と梢がけげんな顔をした。

「中辛《ちゅうから》のルーだったんだけど、口に合わなかった？」

「瑠奈《るな》ちゃん、いつも、どんなカレーを食べているの？」

「いつも食べているのは三ツ星レストランのカレー」

つい、ぽろりと言ってしまった。綾奈《あやな》と梢《こずえ》がひゅっと眉《まゆ》をひそめたのが分かった。

ツンと横を向きながら、心の中で文句《もんく》を言う。

何よ、うそじゃないんだから。ママが本当にデパ地下で買ってくるんだもの、仕方がないじゃない。

綾奈と梢が目配せをしている。きっと、「瑠奈っていやな子だね」って言っているんだ。もう、カレーライスなんか食べない！　ヤギかヒツジにでもなったみたいに、サラダだけを黙々《もくもく》と食べた。

結局、その日は、洗《あら》い物《もの》も手伝わずに、かまどの炎《ほのお》を見つめて過《す》ごした。

気乗りのしないレクリエーションの時間が終わって、やっとコテージのベッドで寝《ね》る時間になった。リュックに飛びついてお菓子《かし》を取り出した。意地を張らずに、カレーライスを食べればよかった。ベッドの中で毛布《もうふ》をかぶり、家から持ってきたお菓子をこっそりとかじった。

キャンプはあと五日間もある。早く家に帰りたい。でも、家に帰ったら帰ったで、またお姉ちゃんとバトルかあ……。うんざり。

ぎゅっと目をつぶり、そのまま眠《ねむ》ってしまった。

二日目は、白のTシャツにクリーム色のキャミサロペットを組み合わせた。サングラスをちょんと頭にのせれば、コーディネートはパーフェクト！

綾奈《あやな》と梢《こずえ》が、またまた目を丸くしているけど関係ない。

サンドイッチの朝ご飯が終わると、先生からレクリエーションの説明があった。

「グループごとに、指定のコテージでお宝《たから》を探《さが》してください。どこかにお宝が隠《かく》してあります。見つけてくださいね！」

「うわあ、どんなお宝が隠してあるんだろうね！」

「楽しみ〜！」

綾奈と梢は大はしゃぎだ。どうせ文房具《ぶんぼうぐ》とかお菓子《かし》とか、そんなのでしょ。でも、先生は「お宝」って言っていた。ちょっぴり期待できるかも。

さっそく指定されたコテージを探し始めた。中にはベッドや階段《かいだん》、布団《ふとん》、戸棚《とだな》まで備《そな》えつけてある。外には、ウッドデッキやベンチ、ごみ箱や植え込《こ》みもある。

布団《ふとん》の間から戸棚《とだな》の引き出しまで、くまなく探《さが》したけれど、お宝《たから》らしきものは見つからない。遠くの方から、他のグループの「あった、あった〜！」といううれしそうな声が聞こえてくる。あたしたちだけお宝が見つからないなんて、どうなってんの？

だんだんいらいらしてきて、綾奈《あやな》と梢《こずえ》に、ついきつい口調で言ってしまった。

「あんたたち、ちゃんと探してるの？」

「ひどい、瑠奈《るな》ちゃんこそ、ちゃんと探しているの？」

「そうだよ。あたしたち一生懸命《いっしょうけんめい》にやっているのに」

二人がむっとした表情《ひょうじょう》で言い返してきた。

何よ、何よ！　頭に血がのぼる。

「もういい！　あたし、別な場所を探す！」

そう言《い》い捨《す》てると、その場から走り出した。

「瑠奈ちゃん、待って〜！」

二人の声が聞こえてくるけれど、絶対《ぜったい》に振《ふ》り向《む》くもんか。足元だけを見つめながら、ひたすら走った。

　ハッと気がつくと、あたしは森の中の分かれ道に立っていた。

　キャンプ場から、だいぶ離《はな》れちゃったみたい。引き返さなくちゃ……。でも、あたし、どの道を来たんだっけ。まずいよ。迷子《まいご》になっちゃった！

　不安でドキドキしてきた時、女の人があたしの方に歩いて来るのが見えた。つばの広い帽子《ぼうし》とロングワンピースで、黒づくめの姿《すがた》には見覚えがある。木陰《こかげ》から調理場をのぞいていた人だ。これから、キャンプにいる子どもの様子でも見に行くのかな。

「あ、あの、キャンプ場はどっちですか？」

　思い切ってたずねると、女の人は、にこりともせずに、自分の来た道を指さした。

　そっか。様子を見に行っての帰り道かも。聞いてよかった。

「あ、ありがとうございます」

　お礼を言って顔を上げると、女の人の姿はどこにもなかった。

「変な人……。でも、帰り道はわかったんだし、ま、いいか」

　あたしは、女の人の指さした方へと歩みだした。

道はどんどん広くなる。ああよかった、これならキャンプ場に戻《もど》れそう。

しばらく進んだところで、ぴたりと足が止まった。目の前に現《あらわ》れたのは、屋根に草が生《お》い茂《しげ》った古い山小屋だった。丸太を組んで作った壁《かべ》やデッキはところどころ崩《くず》れかけ、周りは草木が生い茂っている。こんなに荒《あ》れ果《は》てた山小屋、あたしのいたキャンプ場にはなかったはず。

あの女の人は、あたしに間違《まちが》った道を教えたってこと？　ひどい。こんな森の中で、一人ぼっちだなんて……。

涙《なみだ》がポロリとこぼれた時、山小屋の中から大勢《おおぜい》の人の笑い声が聞こえた。

「ウフフ、アハハハ」

中にだれかがいるんだ。しかも、とっても楽しそう。あたしは、引《ひ》き寄《よ》せられるように、山小屋のドアをノックしていた。

トントン
その瞬間《しゅんかん》、笑い声がぴたりとやんだ。し～んと静まり返っている。どうしたんだろう。

よし、もう一度ノックしてみよう。

トントン
すると、ドアがギイイ〜と鈍《にぶ》い音を立てて開いた。

「だれだっす？」

中から顔を出したのは、白髪《しらが》のおばあさんだ。おばあさんは、何か仕事でもしていたのか、手ぬぐいをかぶり、エプロンとアームカバーをつけている。

おばあさんの肩越《かたご》しに、おじいさん、パパやママと同じぐらいの大人の人、大学生ぐらいの若《わか》い人まで、十人ぐらいの人たちが車座《くるまざ》になって料理を囲《かこ》んでいるのが見えた。大きなリュックを背負《せお》い、登山靴《とざんぐつ》やスニーカーをはいていて、登山かハイキングに来た人たちみたい。

みんな、にこにこしながらあたしを見ている。とっつきにくい人たちじゃなくてよかった。肩から一気に力が抜《ぬ》けた。この人たちに助けを求めてみよう。

「あの、あたし、近くにキャンプに来た粟地瑠奈《あわちるな》です。道に迷《まよ》ってしまって……。キャンプ場に帰りたいんです」

おばあさんは顔をくずし、中に招《まね》き入れてくれた。

「なんとめごい（かわいい）子だこと。それはひどいめさあったなっす。まんず、ここで休んでいけ」

勧《すす》められるままにみんなの輪の中に入って座《すわ》った。すると、目の前の鍋《なべ》の中に、見たことのない料理が見えた。興味《きょうみ》をそそられてのぞいたら、おばあさんが、鍋からおわんに野菜をすくい、箸《はし》といっしょに手渡《てわた》してくれた。

「これ、山形の郷土《きょうど》料理で『冷や汁《じる》』っていうんだっす。汁っていうけど、飲むお汁ではなくて、ゆでた野菜に干《ほ》し貝柱《かいばしら》と干ししいたけの出汁《だし》がかけてあるんだ」

ゆでた野菜か……。いつもは、デパ地下のお惣菜《そうざい》サラダばかりだから、めったに食べない。でも、ほっとするようないいにおいにつられて、食欲《しょくよく》がわいてきた。

おばあさんが、野菜の名前を教えてくれた。

「これは、キャベツともやし。これは、凍《し》みこんにゃくといって、山形は冬が寒いがらな、こんにゃくを凍《こお》らせて乾燥《かんそう》させるんだ。スポンジみたいに出汁がしみ込《こ》んでうめえのよ」

へえ、凍みこんにゃくなんて初めて！　こきこきとしていて、かむと中から出汁がじゅわっと出てくる。干し貝柱と干ししいたけの出汁が、たまらなくおいしい。山形にはこんなにおいしい食べ物があったんだ。箸《はし》を運ぶ手が止まらない。

「ウフフフ」

みんなは、そんなあたしを見て楽しそうに笑う。あたしまでほっこりしてくる。

冷や汁《じる》をたらふく食べたところで、皿の上の茶色い棒状《ぼうじょう》のものに目が留《と》まった。なんだろう。羊《よう》かんかな。急に、甘《あま》いものが食べたくなってきた。

あたしの考えていることが分かったのか、おばあさんが羊かんのようなものがのった皿を手渡《てわた》してくれた。

「これは、『くぢら餅《もち》』っていう、昔からのおやつだ。くぢらっていうけど、海にいるあのクジラじゃねえよ。ウフフ。米の粉《こな》と砂糖《さとう》とクルミをまぜて、蒸《ふ》かしたものなんだ。みそ味、黒砂糖《くろざとう》味、色々な味があっけど、これは味噌《みそ》味だ。食べてごえ」

へえ、味噌味だなんて、どんな味がするんだろう。

一切れつまんでかじると、もっちりとしてほんのり甘じょっぱい。中に混《ま》ぜてあるクルミをかむと、かりっと音がして、濃厚《のうこう》な旨《うま》みが口の中に広がる。あたしは、すっかりくぢら餅が気に入ってしまい、ぺろりとたいらげてしまった。

食い意地が張《は》っているみたいで恥《は》ずかしい。でも、キャンプに来てから、ちゃんと食事をとっていなかったから、おなかがすいていたんだ。

おなかがいっぱいになると、気持ちがゆったりとしてくる。あたしったら、どうして、家でもキャンプ場でも、あんなに頑《かたく》なだったんだろう……。

おばあさんが、みんなをぐるりと見回して言った。

「せっかくだがら、瑠奈《るな》ちゃんにも自分のご語ってもらうべか」

え？　自己紹介《じこしょうかい》ってやつ？　苦手なんだけど、そういうの……。

顔が真っ赤になってしまった。すると、みんながあたしをはげますように、笑顔《えがお》で拍手《はくしゅ》をしてくれた。うれしい。素直《すなお》に話してみよう。

あたしは、お姉ちゃんがピアノコンクールに出るために、キャンプに放《ほう》り込《こ》まれたこと。自分の夢《ゆめ》はファッションデザイナーであること。キャンプでお宝探《たからさが》しをしていたら、道に迷《まよ》ってしまったことを話した。

みんなは、何度もうなずきながら聞いてくれた。

おばあさんが、興味深《きょうみぶか》そうにあたしに問いかけた。

「瑠奈《るな》ちゃんは、どだ（どんな）お宝《たから》が見つかったら満足だべ」

「あたし、文房具《ぶんぼうぐ》とかお菓子《かし》じゃなくて、みんながびっくりするようなお宝がいいです！」

つい気が大きくなってそう答えてしまった。なのに、山小屋の中に、「お〜」と感心したようなどよめきが起きた。

おばあさんも、うんうんとうなずきながら言った。

「ファッションデザイナーっていう夢《ゆめ》もいいごど。ほんで、瑠奈ちゃんは、どだ服が好きなんだ？」

昨日見た、かまどの炎《ほのお》の色がぽっと頭に浮《う》かんだ。

「めらめらと燃《も》える、炎のような色の服です」

「ほうか。瑠奈ちゃんなら、きっと手に入れられる。お宝も夢の服も！　んだべ？」

おばあさんがみんなに向かって言うと、拍手《はくしゅ》がわきおこった。

「今日は、瑠奈ちゃんのおもしぇえ（面白《おもしろ》い）語りを聞けで、よかった。ほんでは、語りの続きをすっぺか」

おばあさんにうながされて、白髪《しらが》のおじいさんがしゃがれた声で話し始めた。

「おれは、山の猟師《りようし》だった」

猟師？　そういえば、真夏だというのに、おじいさんは毛皮でできた服を着ている。暑くないんだろうか。

「ある日、いつものように獲物《えもの》を求めて山の中に入ったが、その日はめずらしく道に迷《まよ》っちまった。やがて、同じ道をぐるぐる回っていることに気がついたんだ。夕闇《ゆうやみ》も迫《せま》ってくるし途方《とほう》に暮《く》れた時、目の前に山小屋が現《あらわ》れた。山小屋にはだれもいなかった。何とかそこで一夜を明かし、次の日に山を下りようとしたが、また同じ道をぐるぐる回るばかりで、どうしても山から下りることが出来なかった。持っていた食料は尽《つ》きるし、本当に大変な目にあった。山を知り尽くしているつもりの猟師でも、こんな出来事があるってことだ」

おじいさんが話し終わると、みんなが拍手《はくしゅ》をした。

次に話し出したのは、大学生ぐらいの若《わか》い女の人だ。

「わたしたちは、ハイキングのつもりで山に来たの」

そう言うと、となりの女の人とうなずきあった。二人とも、背中《せなか》にかわいいキャラクターのリュックを背負《せお》っている。

「山の頂上《ちょうじょう》からきれいな景色《けしき》を見て、いざ帰ろうとしたら山道で滑《すべ》ってしまい、わたしたち二人とも、足をくじいてしまったの。仕方がないから休むところを探《さが》していたら、目の前にちょうど山小屋があったんだ。一晩《ひとばん》休めば足もよくなるかなと思っていたけれど、なかなかよくならなくて、次の日も、そして次の日も山小屋に泊《と》まることになったんだ。いつの間にか、山小屋がわたしたちの家になってしまったの。住めば都ってことね」

女の人がそう言って笑うと、みんなが「ウフフフ」と声をたてて笑った。

偶然《ぐうぜん》にも、みんな、山小屋に関係する話ばかりだ。山の中ではいろんなことが起きるんだな。あたしは、みんなの語りに引《ひ》き込《こ》まれていた。

順番に話をしていき、最後に口を開いたのは、おばあさんだった。

「おらは山菜取りが趣味《しゅみ》でな。一人でいろいろな山に入ったもんだ。ある日、宮城と山形の境《さかい》まで登ったところで、道を見失ってしまってな。へとへとになるまで歩き続け、それは心細かったよ」

あたしも、森の中で道を見失ったばかりだから、その心細さがよくわかる。

「歩き疲《つか》れてもうだめだという時、目の前に古い山小屋があったんだ。とりあえず休もうと小屋の戸を開けると、中は木の葉や枯れ枝《かえだ》が入りこんで荒《あ》れ果《は》て、電灯《でんとう》もなく真っ暗だった。マッチで灯《あか》りをともそうとした瞬間《しゅんかん》、バサバサと音がして、何かが体中にあたってきた。おどろいて手ではらうと、おらの周りにたくさんの蝶《ちょう》が落ちた。気がつけば、おらは、無数の蝶に囲《かこ》まれていた。その蝶とは、昔、山で命を落とした人たちの魂《たましい》の化身《けしん》。蝶化身だったんだ……」

おばあさんが話し終わると同時に、山小屋の中はしんと静まり返ってしまった。だれも拍手《はくしゅ》をしない。みんな、だまってうつむいている。え、え？　何この展開《てんかい》？

あたしはつばを飲み込《こ》んだ。ゴクリという音が、山小屋の中に響《ひび》き渡《わた》る。

「あ、あの……。あたし、そろそろ帰ります」

立ち上がっても、だれもうんともすんとも言わない。

あたしは、走り出したいのをこらえながら、ゆっくりとドアのノブに手をかけた。背中《せなか》の方からおばあさんの低いつぶやきが聞こえた。

「逃《に》げようったって無駄《むだ》だ……」

「は？」

「だってよ、もう仲間だべ……」

はあ？　どういう意味。やだ、こわい！

あたしは、山小屋から外に飛び出した。

タッタッタッタッ
後ろの方から、足音がする。みんながあたしを追いかけてくる音だ！

逃《に》げろ！　逃げろ！

森の中を無我夢中《むがむちゅう》で走る。ハアッ、ハアッ。口から心臓《しんぞう》が飛び出しそう。もうこれ以上走れない。

気がつけば、サングラスはどこかへ落ち、お気に入りの服も、真っ白だったシューズも、土や草できたなく汚《よご》れてしまった。なんてみじめなの。

よろよろと地面にしゃがみ込《こ》んだ時、目の前に、朽《く》ち果《は》てかけた山小屋が見えた。さっきまでいた山小屋よりも、ずっとずっと古い感じがする。

とりあえず、座《すわ》って休みたい。あたしは、山小屋のドアの前に腰《こし》を下ろした。

その途端《とたん》、バン！　とドアが開いたかと思うと、中から紙吹雪《かみふぶき》がどっと噴《ふ》き出した。

無数の紙が顔に張《は》りついてきて息ができない。く、苦しい！　手を振《ふ》り回してはらうと、紙がパサパサと地面に落ちた。あたしは、ぎょっとした。

ううん、これは紙じゃない。蝶《ちょう》だ！　黄色、水色、紅色《べにいろ》、紫色《むらさきいろ》……。色鮮《いろあざ》やかな蝶たちが、あたしを取り囲《かこ》むように飛びまわっている。

地面に落ちていた蝶がひくひくと動き出すと、再《ふたた》びあたしに飛びついてきた。

きゃあ〜、やめて！

両手を振り回し、必死で蝶をはらいのけた。気がつくと、蝶は離《はな》れたところでヒラヒラと飛《と》び交《か》っていた。

突然《とつぜん》、あたしは、自分の体が妙《みょう》に軽いことに気がついた。

「ウフフフフ」

楽し気な笑い声と共に、蝶が集まって次々と人の形になっていく。目の前に現《あらわ》れたのは、おばあさんをはじめ、古い山小屋にいた人たちだ。

こ、これって、まさか！　おばあさんの話が頭によみがえった。

人の魂《たましい》が蝶《ちょう》になったという蝶化身《けしん》？　すうっと血の気が引いていく。

おばあさんが、ひゅっと目を細めてあたしに言った。

「瑠奈《るな》ちゃん、自分の手を見てみ」

自分の手を見て悲鳴が出た。

「きゃあ！」

あたしの手は、蝶《ちょう》が集まってできている。あわてて体を見回すと、おなかも足も、もちろん、顔もすべて……！

あたしも、蝶化身《ちょうけしん》になってしまったの？　不思議なことに、あたしを形作っている蝶は、オレンジや黄色、そして赤。まるで炎《ほのお》が揺《ゆ》らめいているような色だ。

そこへ、見覚えのある、黒い帽子《ぼうし》と黒いワンピースの女の人が現《あらわ》れた。

いったい、この人って何者なの？　まさか、この人も妖怪《ようかい》だったの？

ぞっとするあたしに向かって、女の人は笑いを含《ふく》んだ声で言った。

「とても素敵《すてき》なデザインね。あなたは最高のデザイナーよ」

炎のような色の蝶……。これが、あたしの望んだ最高の服なの？　でも、こんなはずじゃ！

女の人はくすりと笑った。

「あなたは、望み通り、最高のお宝《たから》を手に入れたのよ。死ぬことも生きることもない、蝶《ちょう》の化身《けしん》」

そ、そんな！

「ウフフフフフ」

みんなが笑っている。でも、どことなく寂《さび》しそうな笑い……。

女の人があたしに言った。

「さあ、行きましょう」

「いったい、どこへ？」

女の人の声が、うつろに響《ひび》いた。

「あの世でもこの世でもない所へ……」


（堀米薫・文）

5　提灯小僧《ちょうちんこぞう》

青葉龍生《あおばたつき》（小学六年生）

——土の匂《にお》いが濃《こ》くなった。

湿《しめ》り気《け》を帯びた土の匂いは、雨の前ぶれだ。

今朝《けさ》の天気予報《よほう》では、「夕方から雨」なんてひと言も言ってなかったのにな。

そっと辺りを見回すと、闇《やみ》がさっきより濃く深くなったような気がする。

晴れた日の闇はソーダ水のようにさらっと透明《とうめい》だけど、曇《くも》りや雨の日の闇はシェイクみたいにどろりとしている。

ふと、去年亡《な》くなったぴーちゃん（ひいおばあちゃん）の言葉を思い出す。

「小雨《こさめ》が降《ふ》る晩《ばん》などは出歩くもんでないよ。命をとられることもあるんだからね」

ぴーちゃんは仙台《せんだい》の昔話にやたら詳《くわ》しい人で、いろんな話を聞かせてくれた。

「花壇《かだん》つう地名は、昔、仙台藩《せんだいはん》の花畑があったがらそう呼《よ》ばれるようになったんだっちゃ」とか、「角五郎町《つのごろう》は『角五郎』つう人の名前からつけられたんだ」とか、地名にまつわる話がほとんどだったけど、「賢淵《かしこぶち》の蜘蛛《くも》」とか、「柿《かき》の妖怪《ようかい》・たんころりん」とか、怖《こわ》い話、不思議な話もいっぱいあった。

ぴーちゃんに言わせると、「長《な》げえ歴史《れきし》があるまちには、人でねえものも棲《す》んでいる」そうで、電気がなかった頃《ころ》は小雨《こさめ》が降《ふ》る晩《ばん》などによくそういうものが姿《すがた》を現《あらわ》したのだそうだ。

たしかに、どろりと重たい闇《やみ》の底には、何かがうごめいているような気がする。ついてないときは、とことんついてないってことか。

はあーっと大きなため息をついて、うしろの様子をうかがう。

暗がりの中、仙台城《せんだいじょう》詰門跡《つめのもんあと》から沢門跡《さわのもんあと》へと続く急な下り坂を、ひと足ひと足たしかめるように仁《じん》が下りてくる。そんな仁を守るように、寄《よ》り添《そ》いながら歩いているのは翔太《しょうた》だ。スタート直後に転んで足を痛《いた》めた仁のために、ペースを合わせて歩いている。

おれたちは今、【政宗公《まさむねこう》のお宝《たから》を探《さが》せ!】というゲームに参加している。

青葉山にある仙台城跡《せんだいじょうあと》から、ふもとにある仙臺緑彩館《せんだいりょくさいかん》まで、〝政宗公《まさむねこう》のお宝《たから》〟を探《さが》しながら登城路を歩いて下るというシンプルなゲームだ。

伊達《だて》政宗公騎馬像《きばぞう》の前に設《もう》けられたテントで丸い提灯《ちょうちん》を受け取ったら、ゲーム開始。制限時間《せいげん》は一時間。チームごとに五分間隔《かんかく》でスタートした。

コースは、二つ。沢門跡《さわのもんあと》から巽門跡《たつみもんあと》を経《へ》て緑彩館に向かう【巽門コース】と、沢門跡から大手門跡を経て緑彩館に向かう【大手門コース】だ。

おれは、うねうねと曲がりくねった坂を下る【巽門コース】の方がおもしろそうだと思ったが、翔太《しょうた》に「ぼくと龍生《たつき》は何度も歩いているけど、仁《じん》くんは登城路を歩くのが初めてなんだから」と反対されて、結局、車道に沿《そ》って下る【大手門コース】を選んだ。

どちらにしても昼間なら二十分もかからない距離《きょり》だけど、提灯の明かりだけを頼《たよ》りに夜道を下らなければならないということで、〝制限時間一時間〟ということになったらしい。

スタートするときは、（一時間なんて超《ちょう》ヨユーじゃん！）って思ったんだけど……。

「仁くん、大丈夫《だいじょうぶ》？　気をつけて」

「うん」

「ゆっくりでいいよ。無理しなくていいからね」

「あのさ、ぼくは一人でも大丈夫《だいじようぶ》だから、翔太《しようた》くんは龍生《たつき》くんと先に行っててよ」

「気にしないでいいって。仁《じん》くんはぼくらに気を使いすぎなんだよ」

小六男子によるやさしさと思いやりにあふれた〝THE　よい子の会話〟は、二人の少し前を歩いているおれのところまで聞こえてくる。

「ほら、足元に気をつけて」

翔太は、自分の提灯《ちようちん》で仁の足元を照らしてやっている。

その姿《すがた》を見て、前にぴーちゃんに聞いた話を思い出した。「提灯小僧《こぞう》」という話だ。

＊＊＊

むがし、あったずもな（あったそうです）。雨の晩《ばん》、ある人が提灯ば下げて歩いでだら、後ろから同じように提灯を手にした十二、三歳《さい》のヤロッコ（男の子）がやってきて追《お》い抜《ぬ》いで行ったんだど。ヤロッコは、少し行くと立ち止まり、じっとこっちを見でる。その顔は、ほおずきのように真っ赤だった。その人は（何とおがしなヤロッコだこど）と思いながらも、ヤロッコを追《お》い抜《ぬ》いだ。するとまた追い抜かれだ。そうやって抜きつ、抜かれつを繰《く》り返しているうちに、ヤロッコは消えでしまったんだと。

＊＊＊

話し終えたぴーちゃんに、「提灯小僧《ちょうちんこぞう》は何がしたかったのかな？」と聞いたら、

「さてねぇ。目的はわからないけれども、提灯小僧が現《あらわ》れた場所は、昔、人が意味もなく殺《ころ》された場所だったたつう話だ」と答えた。

「目的はわからない」というところが妙《みょう》に心に残った。

ぼんやり考えていたら、「龍生《たつき》くん」と呼《よ》びかけられた。――仁《じん》だ。

「ごめんね。ぼくのせいですっかり遅《おく》れちゃって。この調子だと、制限《せいげん》時間ギリギリになっちゃうよね？　救護班《きゅうごはん》……来ちゃうかも」

制限時間内に仙臺緑彩館《せんだいりょくさいかん》にたどり着けなかった参加者は「迷《まよ》った」と見なされて、救護班が派遣《はけん》されることになっている。保護《ほご》されたら、ゲームはそこで強制終了《きょうせいしゅうりょう》だ。

「そうだ、仁、お前のせいだ！」

なんてことは、もちろん言わない。

「いいけど……別に」

口の中でもにょもにょつぶやいたら、「龍生《たつき》！」と、翔太《しょうた》が尖《とが》った視線《しせん》を向けてきた。

わかった。わかったよ！

「仁《じん》くん、気にしなくていいよ。おれは三人でこのイベントに参加できただけでも十分うれしいんだ。誘《さそ》ってくれてありがとう。おかげで、夏休みのいい思い出ができそうだよ」

これでどうだ？　と、翔太の様子をうかがうと、満足げにうなずいている。

はあー、つ・か・れ・る！

天を仰《あお》いだ瞬間《しゅんかん》、額《ひたい》にパラパラと雨粒《あまつぶ》が落ちてきた。

「あ、雨！」

「小雨《こさめ》だよ」

咎《とが》めるように、翔太が言い直した。

別におれは「雨にあたったのは仁のせいだ」とは言ってないし、「雨だから嫌《いや》だ」とも言ってない。……まあ、「お前らがもたもたしてるせいで、降《ふ》ってきちゃったじゃないか！」ぐらいはチラッと思ったけど。

「今夜は蒸《む》し暑《あつ》いから、これぐらいの雨はちょうどいいよ。ね、仁《じん》くん」

「そうだね。少し涼《すず》しくなったかも」

「ゴールまでもう少しあるけど、がんばろう」

「うん、ありがとう」

〝ＴＨＥ　よい子の会話〟復活《ふっかつ》だ。

おれは二人に背《せ》を向けて、聞こえないように舌打《したう》ちをした。

翔太《しょうた》はどんどん仁にやさしくなってゆき、おれはどんどん嫌《いや》な奴《やつ》になっていく。

仁が転校してきてから二カ月近く、ずっとこんな感じだ。

上杉《うえすぎ》翔太とおれは幼稚園《ようちえん》からの幼《おさな》なじみだ。翔太のマンションはおれの家から五分もかからないところにある。登下校はいっしょだし、塾《じゅく》がない日はいつも近くの公園で遊んでいた。

小柄《こがら》な翔太《しょうた》と、がっちり体型《たいけい》のおれ。本を読むのが好きな翔太と、外遊びや運動が得《とく》意《い》なおれ。麦茶派《は》の翔太《しょうた》と、コーラ派のおれ。性格《せいかく》も好みも真逆《まぎゃく》なおれたちだけど、ひとつだけ共通の趣味《しゅみ》がある。……というか共通の〝推《お》し〟がいる。

今から約四百年前におれたちが住んでいる仙台《せんだい》をつくった伊達政宗公《だてまさむねこう》だ。翔太は博物館に勤《つと》めている父親の影響《えいきょう》で、おれは戦国武将《ぶしょう》が登場するゲームの影響で興味《きょうみ》を持った。

六年生になってからは、二人で政宗公ゆかりの場所を訪《たず》ねるようになった。

お気に入りは、おれと翔太の家から歩いて一時間もかからないところにある仙台城跡《せんだいじょうあと》だ。

政宗公や仙台城の資料《しりょう》が展示《てんじ》されている青葉城資料展示館をはじめ仙台見聞館《けんぶんかん》、本丸大広間跡、伊達政宗公騎馬像《きばぞう》などがある仙台城跡は、政宗公推しのおれたちにとって言わば〝聖地《せいち》〟だ。おまけに週末は、政宗公とその家臣たちに扮《ふん》して仙台・宮城の観光ＰＲをしている杜乃武将隊《もりのぶしょうたい》に会えるし、運が良ければ演武《えんぶ》だって見られる。

仙台城跡まで歩いて上り（おれたちは『登城』と呼《よ》んでいる）、フードコートで「ずんだシェイク」を買って、仙台の景色《けしき》を眺《なが》めたり杜乃武将隊の演武を見物したりしながら、枝豆《えだまめ》の香りがする冷たくて甘《あま》いシェイクを味わうのが、おれたちのマイブームになっていた。

今年の夏休みには、市内の観光スポットを巡《めぐ》る「るーぷる仙台」に乗って、政宗公《まさむねこう》が創《そう》建《けん》したという大崎八幡宮《おおさきはちまんぐう》にも行ってみようと約束していた。……なのに。

「今日《きょう》来る転校生、うちのマンションの子なんだ」

そう翔太《しょうた》から打ち明けられたのは、六月。仁《じん》が転校してきた日の朝だった。

翔太は十二階建てのマンションの最上階で、両親と三人で暮《く》らしている。

「引《ひ》っ越《こ》してきたってこと？」

ちょっと嫌《いや》な予感がした。

「うちのマンション、古いから、ほとんどの家がお年寄《としよ》りなんだ。子どもがいるのは、ぼくんちを入れて三軒《げん》しかなくて……」

「知ってる。五階に高校生と中学生の姉妹《しまい》、八階に幼稚園《ようちえん》ぐらいの男の子、だったよな？　前にエレベーターで乗り合わせたことがあるよ。……で、名前は？」

「東原仁《ひがしばらじん》くんっていうんだ。昨日《きのう》三階に引っ越して来て……。だれかに『十二階に同じ学年の子がいる』って聞いたらしくて、昨日《きのう》の夜、ぼくんちに挨拶《あいさつ》に来てくれてさ。そのとき、仁《じん》くんのお母さんに頼《たの》まれたんだ。『仲よくしてくださいね』って」

やっぱりだ。おれは、嫌《いや》な流れを確信《かくしん》した。

「詳《くわ》しくは聞かなかったけど、仁くん、小さい頃《ころ》から病気がちだったんだって。そのせいで、前の学校ではあまり友だちがいなかったらしい。おとなしそうで、いい子だったよ。本が好きなんだって。……あ、仙台《せんだい》が政宗公《まさむねこう》がつくったまちだっていうことも知ってたよ」

翔太《しょうた》が言いたいことはだいたいわかった。

はっきりと聞かれる前に「いいよ」と答えた。

「え?」

「そいつを仲間に入れてやろうってことだろ? ……別にいいけど?」

翔太がパッと笑顔《えがお》になった。

「龍生《たつき》ならそう言ってくれると思ってた!」

「あったりまえじゃん!」とうなずいた。うなずいた瞬間《しゅんかん》、胸《むね》の奥《おく》がチリリと痛《いた》んだ。

東原仁《ひがしばらじん》は、悪い奴《やつ》ではなかった。小柄《こがら》で運動は苦手そうだったが、勉強はできる。でも、それをひけらかしたりはしない、物静かで控《ひか》えめなところまで、翔太《しょうた》に似《に》ていた。

ただ一点、決定的に違《ちが》うのは、「空気が読める」というところだった。

仁が転校してきて間もなくのことだ。翔太のマンション（仁のマンションでもある）の前まで来て、「じゃあね！」と別れたところで、「龍生《たつき》くん！」と呼《よ》び止《と》められた。

「なに？」と振《ふ》り返ったら、

「仲間に入れてくれてありがとう」

仁はそう言って、ぺこりと頭を下げた。そして、こう続けた。

「龍生くんと翔太くんの間に割《わ》り込《こ》むみたいになっちゃって、ごめんね」

心を見透《みす》かされたようで、ドキッとした。

「ぼく、いろいろドンくさくて、迷惑《めいわく》をかけちゃうかもしれない。前の学校でも、そうだったんだ。もしウザいと思ったら、すぐに言ってね」

明るく言い放った仁に、すかさず翔太が声をかけた。

「仁《じん》くん、そんなに気を使わないでいいよ。そんな風に思ったりしないよ。ね、龍生《たつき》」

「え……ああ」と、おれはあいまいにうなずいた。

「あのさ、ぼくと龍生は政宗公推《まさむねこうお》しなんだ」

唐突《とうとつ》に翔太《しょうた》は話題を変えた。仁を、喜《よろこ》ばせようと思ったのだろう。

「休みの日は、ゆかりの場所を訪《たず》ねたりしてるんだよ」

「そうか、仙台《せんだい》は政宗公のお膝元《ひざもと》だもんね」

「仙台城跡《せんだいじょうあと》とか瑞鳳殿《ずいほうでん》なら、ここから歩いても行けるんだ」

「へえ、それはすごいな。ぼくも行ってみたい！」

仁が目を輝《かがや》かせた。

「行こうよ。今度三人で。お城で味わうずんだシェイクは最高だよ」

二人のテンションが上がるにつれて、おれの胸《むね》はどんどん冷たくなっていった。

翔太から電話が来たのは、夏休みに入って間もなくだった。

「仙台城跡で【政宗公のお宝《たから》を探《さが》せ！】っていうイベントがあるんだけど、行かない？」

翔太《しょうた》からの誘《さそ》いがうれしくて、おれはソッコーで「行く！」と答えた。

「よかった。実はさ、仁《じん》くんと二人で市立図書館に行ったときにチラシを見つけて……」

ピリッと、胸《むね》にトゲが刺《さ》さったような痛《いた》みが走った。

「図書館……に行ったんだ？　二人で」

「たまたまだったんだ。図書館に本を返しに行こうとしたら、エントランスで仁くんにばったり会ってさ。『どこに行くの？』って聞かれて答えたら、『それ、どこにあるの？』って。話の流れで、ぼくが案内することになったんだ」

「言ってくれれば、おれも行ったのに」

強い口調にならないように言ったつもりだったけど、つい声が低くなってしまった。

「……急だったから」

スマホの向こうで、翔太がぽかんとしているのが分かった。

「LINEでも、電話でも、くれればよかったのに」

「でも、龍生《たつき》は図書館なんて興味《きょうみ》ないと思ってたから」

カチン！　ときた。

のど元まで出かかった「勝手に決めるな！」という言葉を呑《の》み込《こ》んで、

「今度どこかに行くときはさ、おれにも声をかけてくれよな」

軽い調子で伝えた。

ずっと、何をするのも、どこへ行くのもいっしょだったのに、こんなことをわざわざ言わなきゃならなくなるなんて。――おれは、ますます仁《じん》が嫌《きら》いになった。


「お先に」「君たち大丈夫《だいじょうぶ》？」「気をつけてね」

おれたちよりもあとから出発したチームに、次々と追《お》い越《こ》される。大人だけのチームもあれば、家族のチームもある。みんな楽しそうに提灯《ちょうちん》を揺《ゆ》らしながら登城路を下って行く。


出発するときは夕暮《ゆうぐ》れどきだったのが、いよいよ本格的《ほんかくてき》な夜の闇《やみ》に変わってきている。

最後に出発したというチームの提灯が見えなくなったところで、チラッと時計を見た。

「もうすぐ一時間か……」

何気なくつぶやいたつもりだったけど、この一言で、

「ごめん。ほんと、ごめんね。ぼくのせいで遅《おく》れちゃって」

仁《じん》がまた〝ごめんねモード〟に入った。

「ぼくは一人でも大丈夫《だいじょうぶ》だから、翔太《しょうた》くんと龍生《たつき》くんは先に行ってよ。足手まといになりたくないんだ」

「気にしなくていいんだよ。足手まといだなんて思ってないよ」

すかさず翔太が〝励《はげ》ましモード〟に入る。まるで、ドラマみたいだ。

「でも、制限《せいげん》時間が……。〝政宗公《まさむねこう》のお宝《たから》〟だってまだ手に入れてないし」

「いいんだって。〝お宝〟って言ったたって、どうせ大したことないよ」

ムッとした。それを否定《ひてい》したら、このイベントに参加した意味がなくなるじゃないか！

「〝政宗公のお宝〟、おれはけっこう楽しみにしてたんだけどなぁ」

つぶやいた瞬間《しゅんかん》、「龍生！」と翔太が振《ふ》り返った。

「そんな風に言ったら、仁くんが気にするだろ？」

「いいんだ、翔太くん。本当にぼくのせいなんだから」

「だれのせいでもないよ」

「でも……」

「ほらみろ、龍生《たつき》が無神経《むしんけい》なことを言うから……」

ひなを守る親鳥のように、翔太《しょうた》は懸命《けんめい》に仁《じん》を守っている。――おれから。

翔太の中の優先《ゆうせん》順位が、はっきりと見えたような気がした。

腹《はら》の底からいろんな感情《かんじょう》が噴《ふ》き出してきて、おれはたまらず歩き出した。

背中《せなか》で「龍生！」と翔太が声を上げる。「龍生くん！」と、仁も声を上げる。

もちろん、無視《むし》だ。提灯《ちょうちん》を掲《かか》げ、足に力を込《こ》めて登城路を下る。

「このイベントに『龍生くんも誘《さそ》おう』って言い出したのは、仁くんなんだよ」

翔太の声が追いかけてくる。

「龍生が喜《よろこ》ぶと思って、仁くんはこのイベントに申《もう》し込《こ》んでくれたんだよ！」

知るか！　べつに頼《たの》んでないし！

スタスタ歩いて、沢門跡《さわのもんあと》を迷《まよ》わず右に曲がる。翔太が仁のために選んだ【大手門コース】なんて、意地でも行くもんか！

街灯《がいとう》がほとんどない坂を、自分が手にした提灯《ちょうちん》の明かりだけを頼《たよ》りに歩く。

「龍生《たつき》！」「龍生くん！」という声も、もう追いかけてこない。

うっそうと木々が生《お》い茂《しげ》る山肌《やまはだ》をうねりながら下ってゆくこの登城路は、昼でも薄暗《うすぐら》くて、一人で歩くのはちょっと勇気が要《い》る。まして、夜ともなればなおさらだ。

「怖《こわ》くなんかない」と言ったらウソになる。けれどそれよりも、だれかに気をつかったり、顔色をうかがったりせずに自分のペースで歩けることがうれしかった。

いつだってそうだった。いつだって楽しかったのに。仁《じん》が転校してくるまでは。考えたら、また気持ちが重たくなった。闇《やみ》が胸《むね》の中に流れ込《こ》んできたみたいだ。

「さて、どうしようかな」

仙臺緑彩館《せんだいりょくさいかん》には仁の母親が待っているはずだ。「子どもだけでこのイベントに参加する場合は、ゴール地点で保護者《ほごしゃ》が待機していること」というルールだから。

さっさと〝政宗公《まさむねこう》のお宝《たから》〟を手に入れて緑彩館に行って、救護班《きゅうごはん》に保護されてやって来る翔太《しょうた》と仁を、どや顔で迎《むか》えてやるってのはどうだろう。

……いや、そのまま緑彩館に寄《よ》らずに、先に帰ってしまうという手もあるな。

緑彩館《りょくさいかん》からおれの家までは、歩いて二十分ぐらいだ。交通量の多い、明るい道を行けば、一人でも平気だ。

「よし、そうしよう！」

緑彩館にたどり着いたとき、おれがいなかったら、翔太《しょうた》はどう思うだろう。心配する翔太の顔を想像《そうぞう》したら、ちょっとだけ気持ちが晴れた。

「あった！」

沢門跡《さわのもんあと》から下って大きなカーブを曲がったところで、ぼんやりと輝《かがや》くものを見つけた。竹竿《たけざお》の先に、〇に「宝《たから》」と墨《すみ》で書かれた丸い提灯《ちょうちん》が括《くく》りつけてある。

竹竿の根元には、人がいる。二人だ。黒脛巾組《くろはばきぐみ》（仙台藩《せんだいはん》の忍者《にんじゃ》）の恰好《かっこう》をした女の人と、男の人。男の人は、黒い覆面《ふくめん》までしている。……実にあやしい。あやしいけど、

「あのう、【政宗公《まさむねこう》のお宝《たから》を探《さが》せ！】のスタッフの方ですか？」

尋《たず》ねると「ええ」と、女の人がうなずいた。髪《かみ》をおだんごに結《ゆ》った、暗がりでもそうと分かるきれいな人だ。

首から下げたネームカードには、「お宝担当《たからたんとう》／四角美佳《しかくみか》」と書いてある。

「あなた、お名前は？」

四角さんは、肩《かた》にかけたコサッシュから名簿《めいぼ》らしい紙をとりだした。

「青葉龍生《あおばたつき》です」

「青葉くん……の名前はありませんね。もしかして、迷《まよ》った？」

その名簿には、このコースにエントリーした参加者の名前が書いてあるらしい。

「いいえ。途中《とちゅう》でコースを変えただけです」

「どうして？」

「友だちと……はぐれてしまって」

正確《せいかく》には「置き去りにした」んだけど。まあ「はぐれた」と、言えなくもない。

答えた瞬間《しゅんかん》、四角《しかく》さんの目が光った……ような気がした。

「それで、あの、〝政宗公《まさむねこう》のお宝〟は？」

「本当は予定のコースに戻《もど》ってもらわなきゃならない決まりなんだけどね」

ぶつぶつ言いながら、四角さんはまたコサッシュから何か取りだした。

「もう時間がないから、特別よ」

差し出されたのは、表に「仙台城懸造《せんだいじょうかけづくり》」をCGで再現《さいげん》した絵、裏《うら》には二〇三六年に復《ふく》元《げん》される予定の「仙台城大手門《せんだいじょう》」の絵が描《えが》かれたクリアファイルだった。

――かつて仙台城にあった二つの建造物《けんぞうぶつ》が、〝政宗公《まさむねこう》のお宝《たから》〟ということらしい。

翔太《しょうた》の「どうせ大したことないよ」という読みは当たっていた。お宝がクリアファイルって、どう考えてもショボすぎるだろう？

あきれながらも、「ありがとうございます」と受け取った。それから、「じゃあこれで」と仙臺緑彩館《せんだいりょくさいかん》に向かって歩き出した。

少し歩いたところで、背中《せなか》の方から「青葉《あおば》くーん、……によろしくね」と声がした。

「え？」と振《ふ》り返って、驚《おどろ》いた。――だれもいない！

四角《しかく》さんも、男の人も、提灯《ちょうちん》も消えている。

二人がいた辺《あた》りには、ただ濃《こ》い闇《やみ》が広がっているだけだ。

「もう時間がない」と言ってたから、片付《かたづ》けて仙台城跡《せんだいじょうあと》に向かったのかもしれない。

それにしても、何に「よろしく」と言ったんだろう？

首をかしげながら、緑彩館《りょくさいかん》に向かう足を速めた。

【巽門《たつみもん》コース】の登城路は、大きなカーブを過《す》ぎたら、左手に仙台市博物館を見ながら下る。博物館が見えてきたら、巽門跡《あと》はもうすぐだ。

——ん？

もうずいぶん歩いているはずなのに、仙台市博物館が見えてこない。闇《やみ》の中に、ただ道だけが続いている。

雨は小降《こぶ》りながら、相変わらず降り続いている。

——なんか、おかしい。

足を止め、首をかしげたとき、背後《はいご》から近づいてくる足音に気づいた。

ペタ、ペタ、ペタ、ペタ、ペタ。

おそるおそる振《ふ》り返ると、提灯《ちょうちん》の明かりが目に入った。

ゲームの参加者かな？　おれたちが最後だと思ってたけど、まだいたんだ。

おれが持っている提灯よりもひとまわり小さくて、赤い光がときおり揺《ゆ》らいでいる。

提灯《ちょうちん》を手にしているのは……子どもだ。おれと同じぐらいの年頃《としごろ》の、男の子。髪《かみ》はぼさぼさで、ひざ丈《たけ》ぐらいの浴衣《ゆかた》を着て、足には草履《ぞうり》をはいている。

……コスプレ？

さっき会った二人は、忍者《にんじゃ》の恰好《かっこう》をしていた。この子もコスプレをしているのかも。なんでもいい、とにかくいっしょに仙臺緑彩館《せんだいりょくさいかん》まで下りることができさえすれば。

考えているうちに、男の子はおれの目の前にさしかかった。そして、

「あ、あの」

声をかけ終わらないうちに、ペタペタと目の前を通り過《す》ぎた。

なんだよ、あいつ！　顔を合わせたら「こんばんは」ぐらい言うだろ、フツー。

背中《せなか》をにらみつけていたら、足を停《と》めた。振《ふ》り返り、こっちをじっと見つめている。

「あ、あの。よかったらいっしょに……」

言いかけたとたん、くるりと前を向いてまた歩き出した。

くそっ、バカにしてやがる！

おれは早歩きで、あいつを追いかけた。そして、一気に追《お》い抜《ぬ》いた。

ざまーみろ！

すると、あいつはさらに足を速めておれを追いかけてきた。そして、抜《ぬ》き返した。

そのまま行ってしまうのかと思ったら、また足を停《と》めた。

振《ふ》り返り、こっちをじーっと見つめている。「どうだ？」と言わんばかりだ。

よし、この勝負、受けて立つ！

おれは足を踏《ふ》み出した。あいつを追いかける、そして追い抜く。

あいつが追いかけてくる、おれを追い抜く。立ち止まり、振り返り、じっと見る。

何度か繰《く》り返したところで、ん？ と思った。

これって、おかしくないか？

これだけ歩いたら、もうとっくに巽門跡《たつみもんあと》にたどり着いてもいい頃《ころ》だ。なのに、景色《けしき》は変わらない。っていうか、見えているのは、道と、闇《やみ》と、提灯《ちょうちん》を手にしたあいつだけだ。

どういうことだ？ ここは本当に登城路なのか？

追いかけてこないおれに気づいたのか、遠くであいつも足を停めた。

でも、今度は振り返らない。おれに背中《せなか》を向けてたたずんでいる。

提灯《ちょうちん》の灯《あか》りの中に、ぼさぼさ頭のシルエットが浮《う》かび上がる。

あいつ……。そもそも、あいつは何者なんだ？

思った瞬間《しゅんかん》、おれの提灯がボウッと音を立てて燃《も》え上がった。

あわてて投《な》げ捨《す》てたら、くるり。いきなりあいつが振《ふ》り返った。

顔が……赤い？

ふいに、ぴーちゃんの声がよみがえる。

「その顔は、ほおずきのように真っ赤だった」

——ちょ、提灯小僧《こぞう》？

真っ赤な顔でニッと笑うと、そいつは無言で近づいてきた。

ペタ、ペタ、ペタ、ペタ。

逃《に》げようとするが、足が動かない。やがて、

「お宝《たから》、みーっけだ！」

右の手首をつかまれた。振《ふ》りほどこうとするが、ほどけない。

「行くべ」

DATE

右手で提灯《ちょうちん》、左手でおれの手首をつかみ、提灯小僧《こぞう》は歩き出す。
連れていかれまいと足を踏《ふ》ん張《ば》るけれど、じりじりと引きずられる。
引きずられながら、ぴーちゃんに聞いた話の結末を必死に思い出す。
たしか、「繰《く》り返しているうちに、ヤロッコは消えでしまったんだと」だったはず。
そうだ、そうだった！　消えるんだ！　提灯小僧は、どうせ消えてしまうんだ！
「行くべ」
やつはもう一度言うと、いっそう足を速めた。
消えてくれ。一刻《いっこく》も早く、消えてくれ！
強く念じながら、「ど、どこへ？」と問いかけると、やつは一瞬《いっしゅん》足を停《と》めた。
そして、ゆっくりと提灯をかざした。
提灯小僧の提灯の先には、どろりと濃《こ》い闇《やみ》が広がっているだけだった。

（佐々木ひとみ・文）

6　赤べこ

桑折《こおり》沙由梨《さゆり》（小学六年生）

「沙由梨お嬢《じょう》さん、イベント会場に着きましたよ」

半田山《はんだやま》自然公園の入り口で、運転手の北村《きたむら》さんが車をとめた。マユとミナとわたしの三人は、いっしょに車から降《お》りる。

マユもミナもここに来たのは初めてみたいで、辺《あた》りをキョロキョロと見まわしている。

「思ってたよりも山の中なんだね」

「森にかこまれているって感じ」

ここは、標高８６３メートルの半田山の中腹《ちゅうふく》にある多目的公園だ。美しい半田沼《ぬま》を中心として、遊歩道やサイクリングロード、キャンプ場やテニスコートもある。

半田沼は桜《さくら》の木に囲《かこ》まれていて、春にはお花見もできる。以前わたしは、パパとママと来たことがあるんだ。

今日のイベントは何かというと、リアル宝探し《たからさが》し【半田沼《はんだぬま》に眠《ねむ》るお宝を探せ！】だ。

バーチャル空間じゃなくて、現実《げんじつ》にお宝を探すの。なんだかわくわくする！

宝探しのほかに、ライブコンサートやアウトドアのイベントもあるみたい。キッチンカーもいろんなのが来ている。すてきな一日になりそう！

「では、お嬢《じょう》さん、楽しんでください」

「うん。終わる頃《ころ》にむかえに来てね」

わたしは、運転席の北村《きたむら》さんに手をふる。マユとミナも、ペコッと頭をさげた。

「沙由梨《さゆり》、今日はありがとう。沙由梨にさそわれなかったら、こんなイベントあるの知らなかったよ」

「沙由梨ってすごいんだね。運転手がいるなんて、いいな」

「わたしがすごいわけじゃないよ。北村さんは、パパのホテルの運転手なの」

パパは、福島市内でシティホテルを経営《けいえい》している。とくにこの時期は、観光のお客さんも多いから、パパ自身はすごくいそがしい。それでホテルで働いている人に、娘《むすめ》の送り迎《むか》えをさせたというだけのことだ。

それでも、二人からあこがれのまなざしを向けられるのは、いい気分。こういうのを、優越感《ゆうえつかん》っていうのかな。わたしのほうが、マユとミナよりも上位にいるって気がするんだ。

「ねぇ、それより、今年は小学校最後の夏休みでしょ。だから今日は、三人でいい思い出つくろうよ」

「うん!」「そうだね!」

わたしたちは、さっそく受付のテントへ向かった。


イベント参加の申し込《こ》みをすると、赤べこのイラストが描《えが》かれたカードをもらった。

赤べことは赤い牛のこと。「べこ」は「牛」の意味だ。

すました顔のキュートな赤べこに吹《ふ》き出しがあって、宝探《たからさが》しのルールを説明している。

【半田沼《はんだぬま》に眠《ねむ》るお宝《たから》を探《さが》せ！】

1「民話の会」の人を見つけて昔話を聞こう。その人からお宝マップをもらってね。そこに、宝箱の場所が記されているよ。

2 お宝マップを手がかりに宝箱を探そう。見つけたら、宝箱に入っている赤べこメダルを一枚《いちまい》ゲットしよう。

3 赤べこメダルを受付に持って行くと、すてきな景品と交換《こうかん》できるよ。

「思ったより簡単《かんたん》そう。宝箱を見つけて、赤べこメダルを取ればいいんでしょ」

「そのお宝マップをもらうために、まずは、民話の会の人を見つけないと、だね。どこにいるのかな？」

そのときマユが「ああっ！」とさけんだので、民話の会の人を見つけたのかと思ったら、そうじゃなかった。

「桃《もも》パフェのキッチンカーがあるよ！」

ピンク色のキッチンカーと、桃パフェの写真がプリントされたのぼり旗が見える。わたしたち三人とも、すいよせられるように歩きだす。

「桃《もも》パフェ、食べた〜い」

「わたしも！」

だけどそこで、わたしはぐっとこらえた。

「ねぇ、桃パフェは、お宝《たから》を見つけたごほうびにしない？　そのほうが、今すぐ食べるよりもおいしいよ」

すると二人も「うん。そうしよう」と賛成《さんせい》した。

「民話の会」の人というのは、浴衣姿《ゆかたすがた》のおばあさんたちだ。イベント会場のあちこちにいて、その一人一人のところに人だかりができている。イベント参加者が、すでに昔話を聞いているようだ。

どの人のところもいっぱいで、どうしようかと思っていると、ひとりぽつんと立っている紺色《こんいろ》の浴衣の女性《じょせい》を見つけた。

「ねぇ、あの人のところがすいてる。今、だれも聞いている人いないよ」

近づいてみると、その女性は、おばあさんではなくお姉さんだった。色白の肌《はだ》に黒髪《くろかみ》をアップにして、雑誌《ざっし》のモデルみたいに美人だ。きりっとしてつりあがりぎみの目は、ちょっと冷たそうにも見えるけど。

「民話の会の人ですよね。昔話を聞かせてください」

わたしがたずねると、女性《じょせい》は目を細めてほほえんだ。

「四角美佳《しかくみか》といいます。あなたたち、昔話を聞きたいのね？」

「はい。お願いします」

四角さんは、さっそく語ってくれた。

「この公園内にある半田沼《はんだぬま》には、金銀が眠《ねむ》っているという伝説があります。昔、金売吉次《かねうりきちじ》という人が、赤い牛に金銀を背負《せお》わせて運んでいました。すると半田沼まで来たときに、急にその牛が狂《くる》いだし、金銀といっしょに沼に落ちてしまいました。その後、赤い牛は沼の主となり『半田沼の赤べこ』と呼《よ》ばれるようになりました。そして今でも、沼底で金銀を守っているのです」

「へぇ、だからこのイベントは、半田沼に眠るお宝《たから》を探《さが》せ、というのね」

「このカードで、赤べこがルールを説明しているのは、そういうわけか」

「そっか。金銀の代わりに、赤べこメダルを探《さが》すってことなんだ」

わたしたちは、うんうんとうなずく。そんなようすを見た四角《しかく》さんは、くちびるのはしを引きあげてにっこりとする。

「じつは、この昔話には続きがあるの。それも教えてあげるわね」

わたしとしては、早く宝探《たからさが》しに出かけたかった。だけど、マユもミナも続きを聞きたそうなので、おとなしく聞くことにした。

四角さんが、ふんいきのあるゆったりとした口調で語りだす。

「赤べこが沼《ぬま》の主になった後のこと。この山のふもとに、さゆり姫《ひめ》という武家《ぶけ》の娘《むすめ》がおりました」

そのとき、マユとミナがクスっとわらって、わたしの腕《うで》をつついた。

「さゆり姫だって。沙由梨《さゆり》と同じ名前だね」

すると四角さんは、わたしを見て目を大きく見開いた。まるで、いいものでも見つけたみたいに。

「あなた、さゆりというのね」

「はい」

昔話の主人公と、ぐうぜん名前がいっしょというだけなんだけど、なんか特別な女の子と思われた気がする。そういう特別あつかいされるの、好きなんだ。気分がよくなり、続きの昔話も、つい前のめりで聞いてしまう。

それは、こんな話だった。

あるとき、病気になったさゆり姫《ひめ》が、半田沼《はんだぬま》の水を飲むと、病気はたちまち治った。

しかしその後、姫は姿《すがた》を消してしまった。もしや姫は、沼の主にとらわれたのでは？ と、家来が沼にもぐった。すると予想通り、姫は沼底のお屋敷《やしき》で暮《く》らしていた。家来が姫を連れ帰ろうとすると、姫はこう言った。

「わたくしは主人の赤べこに仕えているので、もう父上のもとへは帰れないと伝えてください。それから、雨が降《ふ》らずに村人が困《こま》ったときは、沼のほとりに来て、わたくしの名前を叫《さけ》んでくださいい」

その後、雨が降らず作物が枯《か》れそうなとき、村人は半田沼のほとりで「さゆり姫、雨を降らしてたもう」と叫んだ。すると、必ず雨が降り、村人は救《すく》われたという。

ふうん、そうなんだ。さゆり姫《ひめ》はずっと沼底《ぬまぞこ》にいて、村人のためにがんばっているんだ。ま、昔話だけど。

話を聞いたので、わたしは四角《しかく》さんから、お宝《たから》マップをもらった。

ところが、マユとミナの分は、ないという。

「ええっ、一人一枚《いちまい》ずつもらえるんじゃないの？」

「あたしも、お宝マップ、欲《ほ》しい」

ほっぺたをふくらます二人に、四角さんはすずしい顔で答える。

「ないものは、あげられないわ」

無責任《むせきにん》な人だな。仕方なく、わたしたちは別の民話の会の人からもらうことにした。

白髪《しらが》でにこやかなおばあさんに事情《じじょう》を話すと、すぐに二枚のマップをくれた。

あれ？　二人がもらったマップは、わたしのとどこか違《ちが》うような気がするんだけど……。

「早く！　宝箱見つけに行こうよ」

マユにせかされ、わたしたちは歩きだした。少しぐらい違ってても、宝箱の場所さえわかれば問題ないよね。マップには、宝箱《たからばこ》マークが全部で七つある。

その宝箱を目指し、森の中の遊歩道を進んだ。

とちゅう、「お宝はどこだ?」「おーい、お宝、返事しろ!」などと、やたらうるさい男子集団《しゅうだん》がドタドタ走ってきて、あっという間に追《お》い越《こ》された。

わたしたちは顔を見合わせる。

「三年生くらいかな?」

「あいつら、はしゃぎすぎだよ」

「ああいう声って、聞くだけで暑くなっちゃうね」

しばらく歩くと、太い木の根元に、茶色い箱が見えた。

「あった! 宝箱だ!」

宝箱マークのイラストと同じような箱。わたしたちは走りよって、わくわくしながらふたを開けた。

ところが、中は空っぽだった。

「先に見つけた人が、取っちゃったんだ。さっきのうるさい男子たちとか」

「わたしたち、スタートがおそかったもんね。マップもすぐにはもらえなくてさ」

「次を探《さが》そうよ。宝箱《たからばこ》は、まだあるから」

わたしたちは、歩くスピードをあげて、さらに遊歩道を進んだ。

上ったり下ったりして、汗《あせ》をかきかきしばらく行くと、今度は大きな岩のかげに宝箱を見つけた。

急いで箱に飛びつき、ふたを開ける。

「あ、メダルがあった！」

金色に赤べこのイラストが描《えが》かれたメダルだ。

「でも、二個《こ》しか残ってないよ」

「もう一個、どこかに落ちてないかな？」

宝箱のまわりを探《さが》したけれど、落ちてはいない。やはり、メダルは二個だけだ。

わたしは、その赤べこメダルを二人にゆずることにした。

「さっきは、わたしが先にお宝マップをもらったから、今度はマユとミナが先にメダルをもらってよ」

「いいの？」

すまなそうな表情《ひょうじょう》の二人に、わたしは笑顔《えがお》でこたえた。

「いいよ。わたしは別の宝箱《たからばこ》を探《さが》すから」

「沙由梨《さゆり》、ありがとう」

「沙由梨って、太《ふと》っ腹《ぱら》だね」

「まあね」

二人よりも上位にいるわたしとしては、そのくらいのことをしなきゃね。さらにわたしは、汗《あせ》だくでつかれた表情を見せる二人を気づかってあげた。

「わたしひとりで宝箱を探すから、マユとミナは、ここで待ってて。というか、先に戻《もど》ってもいいよ」

「そう？　正直いって、これ以上は進みたくないって思ってたんだ。のどもかわいたし」

「わたしも。早く戻りたいって思ってたの。じゃあ、マユとわたしは、先に、受付のところへ行ってるね」

そういって来た道を歩きだす二人に、わたしは軽く手をふった。

「すぐに追いつくから、先に景品もらっててね。でも桃《もも》パフェは、食べないで待っててよ」

さてと、ここから一番近い宝箱《たからばこ》マークは……あ、これだ。半田沼《はんだぬま》のほとりにある！

わたしは遊歩道からはずれて、沼の方へ向かう。

少し歩くと、木々の間からキラキラする沼の水面が見えてきた。森を抜《ぬ》けると、目の前に青い沼が広がった。今は夏だから桜《さくら》はさいてないけど、緑の木々に囲《かこ》まれて、とってもきれい。

そういえば、この沼の主って赤べこなんだよね。

だけど、おかしくない？　牛が沼の主だなんて。水の中じゃ呼吸《こきゅう》できないよ。ま、昔話だから、それもアリなのかな。

「あ、宝箱、見つけた！」

沼の中にぽっこりと浮《う》かんだような岩の上に、宝箱がある。その岩までは、飛び石が点々と続いている。

わたしは沼に落ちないように気をつけながら、飛び石の上を渡《わた》っていった。

そうして最後の飛び石から、宝箱《たからばこ》のある岩へ渡《わた》ろうとしたときだ。

うわっ、すべるっ！　と思ったときは、もうおそかった。

「きゃあっ」

ドポンッ。ゴボゴボゴボゴボ……。

体は無数の泡《あわ》に包まれ、沼底《ぬまぞこ》に吸《す》いこまれるように落ちていく。

やだ。おぼれちゃう。だれか、助けて……。


「ここは、どこ？」

気づくと、わたしはピンクの花がさく桃《もも》の木に囲《かこ》まれていた。

沼に落ちておぼれそうだったのに、おかしい。

でも、確《たし》かにまわりは桃畑だ。いったい、ここはどこなの？　スマホを取りだし、位置情報《じょうほう》を見ようとした。でもなぜか、電源《でんげん》がオンにならず、画面は真っ暗だ。充電《じゅうでん》は、たっぷりしたはずなんだけど。

そのとき、一軒《けん》の家が見えた。かわら屋根で昔風の立派《りっぱ》な家だ。近づいて、庭をのぞく。

和風の庭園みたいだ。小さな池もある。

だれか住んでいるのかな？　と思っていると、上品な和服を着て、いかにもお嬢《じょう》さまというう感じの女子が、家の中から出てきた。高校生くらいかな。かわいい顔なのに、悲し気な表情《ひょうじょう》をしているのは、なぜだろう？

とにかくわたしは、ここがどこなのかを尋《たず》ねようと声をかけた。

「こんにちは」

すると和服女子は、わたしを見て目をパチクリさせた。まるで、めずらしいものを見たみたいに。

「あなたは、どちらさま？」

言葉づかいもお嬢さまだ。シティホテル経営者《けいえいしゃ》よりも、ずっとセレブなおうちなんだろうな。なんか、くやしい気がする。わたしは見下されないように、思いきり胸《むね》を張《は》った。

「わたしは、桑折沙由梨《こおりさゆり》といいます」

「まあ、わたくしも、さ……。あ、いえ。わたしはサヨと申します」

サヨさんは、深々と頭を下げた。まったく偉《えら》ぶったようすはない。お嬢さまというよりむしろ、召使《めしつか》いみたい。

　そんなサヨさんが、首をかしげる。

「あなたさまは、どうしてここにいらしたの？」

「それが、わたしにもよくわからなくて。ヘンなんです。さっきまで、半田沼《はんだぬま》のほとりでお宝探《たからさが》しをしていたんです。宝箱を見つけて、メダルを取ろうとしたら、沼の中に落ちたはずなんですけど、気がついたら、あっちの桃畑《ももばたけ》を歩いていて……」

　サヨさんは、真剣《しんけん》な表情《ひょうじょう》でわたしの話を聞いてくれた。おかしな話なのに、笑うこともなく、ちゃんと受け止めてくれて、わたしはホッとした。

　いっぽうサヨさんは、こわばった顔つきになっていた。必死で何かを計画しているような難《むずか》しそうな顔つきだ。そして、探《さぐ》るような目をわたしに向けた。

「よくわからないことになって、大変でしたね。よろしければ、我《わ》が家で休みませんか？　ちょうど今、桃パフェを作ろうとしていたので、いっしょに、召《め》し上がりませんか？」

「桃パフェ？」

　わたしの耳はピクリとした。たぶん、目もキラリとしたと思う。食べたい！

そんなわたしを見て、初めてサヨさんが、にっこりとした。

「さあ、どうぞ。こちらへ」

床《とこ》の間《ま》のある畳《たたみ》の部屋に通された。立派《りっぱ》そうなかけ軸《じく》や大きな壺《つぼ》も置いてある。

こげ茶色の座卓《ざたく》の上に、サヨさんが作ったという桃《もも》パフェが三つならんだ。

三つって、サヨさんとわたしと、あと一つはだれの分だろう。と思っていると、奥《おく》の方から「ぶもぉー、ぶもぉー」と低いうなり声が聞こえた。

「はーい。今、参《まい》ります」

サヨさんが、あわてて立ちあがる。

「すみません、主人に呼《よ》ばれたので。桃パフェ、溶《と》けないうちに召《め》しあがってね」

そういうとサヨさんは、三つめの桃パフェを木のお盆《ぼん》にのせて、奥の方へと行ってしまった。

主人に呼ばれたって、さっきの音のことかな？　牛みたいな鳴き声にしか聞こえなかったけど。それに、主人て、だんなさんのことをいうよね。サヨさん、結婚《けっこん》してるのかな。

不思議に思いながらも、桃《もも》パフェに目を向ける。

「おいしそう」

ガラスのパフェグラスに、くし形にカットされた桃がたっぷりのっている。あわい黄色にちょっとピンクの入ったみずみずしい桃だ。その上にバニラアイスと生クリーム。緑色のミントの葉もかざられていて、色合いもきれい。

わたしはうれしくなって、そんな桃パフェにスプーンをつきさした。

でもそこで、手を止めた。

「そういえば、マユとミナには、桃パフェは食べないで待っててねと言ったんだっけ」

わたしだけが、ここで桃パフェ食べたら、あの二人に悪い気がする。きっとわたしのことを待っているよね。

だけど、スマホも使えないから二人への連絡手段《れんらくしゅだん》はないし、わたしだって、ここに来たくて来たわけじゃないし。なんて迷《まよ》っている間にアイスは溶《と》けちゃうし……。

「溶ける前に食べなきゃ。もったいない」

わたしはスプーンですくったアイスを口に運ぶ。

「うわっ、おいしい！」

今度は、桃《もも》を切り取って、アイスといっしょに食べる。すると、口の中でジューシーな桃アイスになった。これ、最高！　もう、おいしくて、おいしくて、あっという間に全部食べちゃった。サヨさんの分も食べたいくらい。

そこへ、サヨさんがもどってきた。空になったわたしのパフェグラスを見ると、満面の笑《え》みをうかべた。

「食べてもらえてよかった。これで、やっと……」

「とってもおいしかったです！　サヨさんも早く食べないと、アイスが溶《と》けて……あれ？」

ずいぶん時間がたっているのに、サヨさんのアイスはぜんぜん溶けてない。どうして？　と首をかしげていると、サヨさんがわたしをじっと見つめてこう言った。

「あなたにお願いがあるの。何年かに一度、雨が降《ふ》らない時に『さゆり姫《ひめ》、雨を降らせてたもう』という声が聞こえてくるから、そうしたら主人に、雨を降らせるように伝えてね」

「え、どういうことですか？　意味がわからないんですけど」

でもサヨさんは、わたしの質問《しつもん》を無視《むし》して、代わりにわたしの手を引っぱった。

「主人を紹介《しょうかい》します」

サヨさんに手を引かれ、わたしは奥《おく》の部屋へ連れて行かれた。

「ええっ、こ、これは……」

そこには、大きな赤い毛の牛が、ごうごうといびきをかいて眠《ねむ》っていたのだ。

赤い牛。つまり、赤べこ。

でも、かわいらしいキャラクターとはちがう。生きている本物の赤い牛だ。いびきとともに、お腹《なか》がぶきみに波打っている。ごつい頭には二本の角がはえ、ぬれた大きな鼻の孔《あな》の先には、空になったパフェグラスが転がっていた。

「これが主人です。昼寝《ひるね》をはじめたけど、少しすれば、目を覚《さ》まします。あとは、主人の言うことをきいていれば、だいじょうぶです」

「だいじょうぶって、何がですか？　意味わかんないんですけど。どうしてわたしが、この赤い牛の言うことをきかなきゃならないんですか？」

「ああ、ごめんなさい。わたくし、一つだけあなたにうそをつきました。わたくしの名前

はサヨではなくて、さゆりですの」

「さゆり？」

なんで、うそなんかついたの？　と思っている間に、さゆりさんは「では、よろしくお願いいたします」と言葉を残し、この家から出ていった。

「待って。どこへ行くの？」

わたしはあわてて追いかける。でも、桃畑《ももばたけ》のあたりで、さゆりさんの姿《すがた》が見えなくなってしまった。

「さゆりさーん、さゆりさーん」

何度もさけんだけれど、返事はない。

ピンクの花のさく桃の木を見ながら、ふと気づいた。

「桃の花がさくのは、春。今は八月なのに……」

首筋《くびすじ》が、スッと寒くなり、思わず身ぶるいした。

とにかく、こんな所にいたらだめだ。イベント会場にもどらなきゃ。

するとそのとき、桃の木のかげから、紺色《こんいろ》の浴衣《ゆかた》を着た女性《じょせい》が現《あらわ》れた。

あ、さっきの民話の会の人だ！　よかった。

「あの、すみません。民話の会の四角《しかく》さんですよね？　教えてください。宝探《たからさが》しイベントの受付のところへ行くには、どっちへ行けばいいんですか？」

するとと四角さんは、つきはなすように答えた。

「わたしは、民話の会の人間ではありません」

「え、違《ちが》うんですか？」

「民話の会だなんて、ひと言もいってないわ。それに、あなたがイベント会場へ戻《もど》るのは、もう手おくれよ」

「手おくれって、どういうことですか？」

わたしは語気を強めて、四角さんにつめよる。

でも四角さんは、こわいくらい冷静だ。

「ここは半田沼《はんだぬま》の中だけど、現実《げんじつ》とはちがう世界なの。つまりここは、異界《いかい》よ。あなたはさっき、桃《もも》パフェを食べたでしょ。異界のものを食べてしまったら、現実の世界には戻れないのよ」

ごくりと、つばを飲み込《こ》む。

さっき食べた桃《もも》の味が、腐《くさ》った桃になる。

「まさか……」

桃パフェをわたしに食べさせたさゆりさんの目的は……。

いやな考えが浮《う》かぶ。それをわたしは、必死で打ち消す。そして四角《しかく》さんをにらんだ。

「もう、戻《もど》れないなんて、うそでしょ。だってあなたは、イベント会場から、どうやってここへ来たの？　戻る道を知っているんでしょ」

すると四角さんは、余裕《よゆう》たっぷりの笑《え》みをうかべた。

「人間と違《ちが》って、わたしは現実《げんじつ》世界と異界《いかい》を自由に行き来できるのよ。妖《あやかし》の力を持っているから」

「あなたはいったい、何モノなの？」

おそろしくなり、わたしは大きく身を引いた。

「さあ、何モノかしらね。フフフッ。わたしたちは、人間を食い物にするともいわれるわ。確《たし》かに、人間の魂《たましい》によって力を得《え》ていることは事実よ。でも人間だって、わたしたちの力を、利用することもあるでしょ。例えば、日照りのときに雨ごいをしたりして」

四角《しかく》さんが、真っ赤なくちびるのはしを引きあげる。

「妖怪《ようかい》と人間との関係は、決して一方的ではないのよ」

ということは、この人は妖怪なんだ……。

その四角さんが、わたしをじっと見すえて言った。

「あなたはこれから、あなたの役目を果たすのよ。わかったかしら？　沙由梨姫《さゆりひめ》」

（野泉マヤ・文）

堀米《ほりごめ》 薫《かおる》

福島県生まれ。宮城県在住。『チョコレートと青い空』（そうえん社）で日本児童文芸家協会新人賞、『あきらめないことにしたの』（新日本出版社）で児童ペン大賞受賞。作品に「みちのく妖怪ツアー」シリーズ（共著）『なすこちゃんとねずみくん』「あぐり☆サイエンスクラブ」シリーズ『林業少年』（共に新日本出版社）、『この街で夢をかなえる』（くもん出版）等。日本児童文芸家協会会員。

佐々木《ささき》ひとみ

茨城県生まれ。宮城県在住。『ぼくとあいつのラストラン』（ポプラ社、映画「ゆずの葉ゆれて」原作）で椋鳩十児童文学賞、『ぼくんちの震災日記』（新日本出版社）で児童ペン童話賞受賞。作品に『エイ・エイ・オー！ ぼくが足軽だった夏』「みちのく妖怪ツアー」シリーズ（共著）（共に新日本出版社）、『ストーリーで楽しむ 伊達政宗』（岩崎書店）等。日本児童文学者協会理事・日本児童文芸家協会会員。

野泉《のいずみ》 マヤ

茨城県生まれ。宮城県在住。『きもだめし☆攻略作戦』（岩崎書店）で福島正実記念SF童話賞大賞受賞。作品に「みちのく妖怪ツアー」シリーズ（共著・新日本出版社）、『ぼくの町の妖怪』（国土社）、『へんしん！ へなちょこヒーロー』（文研出版）、「満員御霊！ ゆうれい塾」シリーズ（ポプラ社）等。日本児童文芸家協会会員。

東京《とうきよう》 モノノケ

静岡県生まれ。ご当地歴史キャラや企業マスコットのデザイン等さまざまな分野で活動。単行本の仕事に「みちのく妖怪ツアー」シリーズ（新日本出版社）、「もののけ屋」シリーズ（静山社）等。

みちのく妖怪《ようかい》ツアー　宝探《たからさが》し編《へん》

2024年7月20日　初　版　NDC913 158P 20cm

作　者　佐々木ひとみ・野泉マヤ・堀米薫
画　家　東京モノノケ
発行者　角田真己
発行所　株式会社新日本出版社
〒151-0051　東京都渋谷区千駄ヶ谷4-25-6
営業03(3423)8402
編集03(3423)9323
info@shinnihon-net.co.jp
www.shinnihon-net.co.jp
振替　00130-0-13681
印　刷　光陽メディア　　製　本　小泉製本

落丁・乱丁がありましたらおとりかえいたします。

ISBN978-4-406-06806-2　C8093　Printed in Japan